U0023731

太 極 詩 學
Great Primordial Poetics
Lao Zi and Zhuang Zi's spirit of art

劉介民◎著

孟　樊◎策劃

出版緣起

　　社會如同個人，個人的知識涵養如何，正可以表現出他有多少的「文化水平」（大陸的用語）；同理，一個社會到底擁有多少「文化水平」，亦可以從它的組成分子的知識能力上窺知。眾所皆知，經濟蓬勃發展，物質生活改善，並不必然意味著這樣的社會在「文化水平」上也跟著成比例的水漲船高，以台灣社會目前在這方面的表現上來看，就是這種說法的最佳實例，正因為如此，才令有識之士憂心。

　　這便是我們——特別是站在一個出版者的立場——所要擔憂的問題：「經濟的富裕是否

也使台灣人民的知識能力隨之提昇了？」答案恐怕是不太樂觀的。正因為如此，像《文化手邊冊》這樣的叢書才值得出版，也應該受到重視。蓋一個社會的「文化水平」既然可以從其成員的知識能力（廣而言之，還包括文藝涵養）上測知，而決定社會成員的知識能力及文藝涵養兩項至為重要的因素，厥為成員亦即民眾的閱讀習慣以及出版（書報雜誌）的質與量，這兩項因素雖互為影響，但顯然後者實居主動的角色，換言之，一個社會的出版事業發達與否，以及它在出版質量上的成績如何，間接影響到它的「文化水平」的表現。

　　那麼我們要繼續追問的是：我們的出版業究竟繳出了什麼樣的成績單？以圖書出版來講，我們到底出版了那些書？這個問題的答案恐怕如前一樣也不怎麼樂觀。近年來的圖書出版業，受到市場的影響，逐利風氣甚盛，出版量雖然年年爬昇，但出版的品質卻令人操心；有鑑於此，一些出版同業為了改善出版圖書的品質，進而提昇國人的知識能力，近幾年內前

後也陸陸續續推出不少性屬「硬調」的理論
叢書。

　　這些理論叢書的出現，配合國內日益改革
與開放的步調，的確令人一新耳目，亦有助於
讀書風氣的改善。然而，細察這些「硬調」
書籍的出版與流傳，其中存在著不少問題。首
先，這些書絕大多數都屬「舶來品」，不是
從歐美「進口」，便是自日本飄洋過海而
來，換言之，這些書多半是西書的譯著。其
次，這些書亦多屬「大部頭」著作，雖是經
典名著，長篇累牘，則難以卒睹。由於不是國
人的著作的關係，便會產生下列三種狀況：其
一，譯筆式的行文，讀來頗有不暢之感，增加
瞭解上的難度；其二，書中闡述的內容，來自
於不同的歷史與文化背景，如果國人對西方
（日本）的背景知識不夠的話，也會使閱讀的
困難度增加不少；其三，書的選題不盡然切合
本地讀者的需要，自然也難以引起適度的關
注。至於長篇累牘的「大部頭」著作，則嚇走
了原本有心一讀的讀者，更不適合作為提昇國

人知識能力的敲門磚。

　　基於此故，始有《文化手邊冊》叢書出版之議，希望藉此叢書的出版，能提昇國人的知識能力，並改善淺薄的讀書風氣，而其初衷即針對上述諸項缺失而發，一來這些書文字精簡扼要，每本約在六至七萬字之間，不對一般讀者形成龐大的閱讀壓力，期能以言簡意賅的寫作方式，提綱挈領地將一門知識、一種概念或某一現象（運動）介紹給國人，打開知識進階的大門；二來叢書的選題乃依據國人的需要而設計，切合本地讀者的胃口，也兼顧到中西不同背景的差異；三來這些書原則上均由本國學者專家親自執筆，可避免譯筆的詰屈聱牙，文字通曉流暢，可讀性高。更因為它以手冊型的小開本方式推出，便於攜帶，可當案頭書讀，可當床頭書看，亦可隨手攜帶瀏覽。從另一方面看，《文化手邊冊》可以視為某類型的專業辭典或百科全書式的分冊導讀。

　　我們不諱言這套集結國人心血結晶的叢書本身所具備的使命感，企盼不管是有心還是無

心的讀者，都能來「一親她的芳澤」，進而
藉此提昇台灣社會的「文化水平」，在經濟
長足發展之餘，在生活條件改善之餘，國民所
得逐日上昇之餘，能因國人「文化水平」的
提昇，而洗雪洋人對我們「富裕的貧窮」及
「貪婪之島」之譏。無論如何，《文化手邊冊》
是屬於你和我的。

孟　樊

一九九三年二月於台北

序

　　易之「太極」在本質上就是老子的「道」，道之本體，本爲一元之太極，萬物皆由之派生。老子說「谷神不死，是謂玄牝」（6章），所謂「谷神」，道之形象也，即是太空的元神。元神也就是元氣，「太極元氣，函三爲一」（《漢書‧律歷志》）大化元氣未分之時，天地人含混於一中，說明太極元氣中內涵著萬物的始基，也囊括著天人的太極詩學規律。特別是《老子》、《莊子》中想像、理趣、抒情、誇張，無疑爲其詩藝空間增添了豐盈的內涵和神奇的色彩。

　　老子的「谷神」就像赫拉克利特的「以

太」，赫氏認為，「邏各斯」（Logos）是一種
「以太」的物體，是創造世界的種子，「是謂
天地之根。」邏各斯是永恆的，是產生一切的
本源，「萬物都根據這個邏各斯而產生。」太
極詩學沾漑後世，餘響不絕，人們多從老莊哲
學思想對中國藝術之影響加以研究，或衍申為
文學觀念的討論。很少論及《老子》、《莊子》
與中國古代詩學及藝術理論的關係。太極詩學
主要是論述老子、莊子的藝術精神。

　　由於《老子》、《莊子》自身所具備的詩
歌藝術特徵及其老莊對自然、社會、人生、審
美的探討，都包孕我國最根本的藝術精神：自
然性、形象性、抒情性、含蓄性，所以，我們
有充分的理由對妙契藝境的太極詩學精髓作出
新的闡釋。

劉介民　謹識

目　　錄

緒　論

　　太極詩學，是發軔於兩千多年前在神州大地上的藝術思想，是一個蘊涵豐富的詩學寶庫。要打開這個寶庫，不是件容易的事，但要繼承中國古典詩學遺產，揭示中國自古以來詩學發展規律，做到古為今用，打開這個寶庫卻是非常需要的。

　　這本小書命名「太極詩學」主要是論述老子、莊子的藝術精神，能否為人接受和引發人們的思索，尚期望於未來的實踐。但就太極詩學的系統觀點，是我自己設計的。我盡力將其構成一個概念系統，並以此說明歷代詩學的肇始淵源。雖然這僅僅還是個「工作假說」，但

我希望它能夠成立。有些詩學家認為古希臘詩學是近代西方詩學思想的源泉，中國也有類似的情況。春秋戰國是我國詩學發展的初期階段，但已經提出了很多根本性的詩學問題。我們可以說，老莊的太極詩學是魏晉、唐、宋、元、明、清詩學發展的源泉。所以，今天研究詩學，首先要了解老莊的太極詩學，這是確然無疑的。

第一節　太極詩學與老莊

　　老子以五千精妙，亙古及今、囊括天人、包孕萬象，為世界文化之極致。昔聞西方學人尼采研究《老子》感懷曰：《老子》像一個永不枯竭的井泉，滿載寶藏，放下汲桶，唾手可得。可見，老子具有博大之心胸，他包孕著有關宇宙、人生、哲學、政治、文學等多方面的問題。因此，歷代學人研究老子，都選取不同的角度探求其思想價值和審美價值，使《老

子》研究，猶如豐富之礦藏有待開掘的光明前
景。德人馬丁・布伯在《道教》中論《老子》
時說：「老子之言絕非我們稱之爲語言的那種
東西，而是如同輕風掠過海面時，取之不盡的
海水所發出的澎湃聲。」[1]這種存在於《老子》
中的詩意的自然或自然的詩意，蘊涵著一種心
靈和境界，那就是中國文化之精髓的詩的心靈
和詩的境界。它啓迪著我們更新研究視覺，隨
詩學魅力的驅使去尋找《老子》的生命源泉和
藝術精神。莊子性格賦有詩學意味。他的思想
就是絕妙的詩，很多哲學命題，就是詩學命
題。莊子詩學的核心是探討「自由」和審美的
關係。莊子在詩學領域，一方面建立了關於審
美心胸的理論。另一方面論述了創作的自由就
是審美境界的理論。

　　易之「太極」與老子的「道」，在本質上
是一樣的，都是具有本原性與整體性的
「象」。老子說 「谷神不死，是謂玄牝」（6
章），所謂「谷神」，太空的元神。元神也就
是元氣，「太極元氣，函三爲一」（《漢書・律

歷志》），大化元氣未分之時，天地人含混於一中，說明太極元氣中內涵著萬物的始基。老子的「谷神」就像赫拉克利特的「以太」，赫氏認爲，「邏各斯」（Logos）是一種「以太」的物體，是創造世界的種子，「是謂天地之根。」[2]邏各斯是永恆的，是產生一切的本源，「萬物都根據這個邏各斯而產生。」[3]

　　老子通過由「道」之本體到「玄」之境界的縱向推闡和對自然奧秘、人生精神、藝術形象的深層發掘，顯示出揮之八垠，卷之萬象的詩學太極。「太極」與「道」作爲「天人合一」的象，對中國純文學的出現有著巨力驚人的肇始影響。它既包括老子自身文學的美學的詩歌藝術精神，也包括中國古典藝術理論的精髓，即古典詩論。《老子》自身所具備的詩歌藝術特徵以及所探討的宇宙、人生問題、藝術規律問題都內孕著我國最根本的藝術精神。可以說，《老子》之精髓，是一個充滿生機的詩魂，它確立了老子在中國詩學史上的地位。莊子繼承老子的「有」、「無」、「虛」、「實」

的思想，通過「象罔得到玄珠」的寓言，強調
只有有形和無形象結合的形象，才能表現宇宙
的真理（「道」）。老莊的這些思想對中國古典
藝術的意境結構有著巨大影響。

　　老子「道法自然」的哲思，在探討宇宙、
人生的過程中，提出了一系列思想範疇，是太
極詩學的理論基礎。「詩者，天地自然之音」
（李夢陽《詩集·自序》），太極詩學探討的核
心，是自然的奧秘。「夫五千文，宣道德之
源，大無不苞，細無不入，天人之自然經
也。」（葛玄《老子道德經·序》）充分說明老
子所謂「道」的自然特性，「道」乃是自然之
道，「道」就是自然。「道」不僅是天地萬物
的本源，也是天地萬物運動的總規律，「人」
亦如此。「人」不僅是生存在自然的環境中，
也生活在社會的環境中，而且，「人爲萬物之
靈」，又有七情六欲、喜怒哀樂。精神和感情
是無形的，她實實在在存在於每個人的生活之
中。因此，追求一種藝術精神是人類的共同要
求。莊子認爲宇宙本體的「道」是最高的，而

現象界的「美」和「醜」是相對的，這種思想
對中國古典詩學的邏輯體系產生重要影響。老
莊的這些哲學體現了民族的價值取向、心理氛
圍和審美意識，對中國的文學藝術產生了深遠
影響。從魏晉、唐詩、宋詞到元曲、明清詩
論、當代藝術，無不體現著老子的精神。可
見，老子的「道」的精神含攝了藝術的精神，
「道」的法則也就決定了藝術的法則。中國文
學藝術從老子的太極詩學那裡，吸取了豐富的
養分，因此，太極詩學可以體味中國文學藝術
的一些基本精神。

第二節　中國詩學的肇始

　　哲學史有它的起點，文學史有它的起點，
詩學史也有它的起點。中國詩學史的起點在哪
兒？也許有人會說，應從孔子開始，我們覺得
應該從老子開始。

　　《老子》一書哲學味道比《論語》濃得多，

孔子並不是最早的哲學家，老子早於孔子。老子認爲「道」是宇宙的本原，即是詩學的「本原」，我們稱之爲「玄之又玄」，「神妙莫測」的太極詩學。《老子》著重講宇宙觀和認識論，用道法自然的命題否定了有意志的天帝，從這一點看，老子哲學帶有唯物論傾向。他提出的一系列哲學範疇，在歷史的發展中轉化爲詩學範疇，成爲一系列中國詩學獨特的理論。太極詩學對中國古代詩學的影響，首先在於，有助於文論家們擺脫封建正統思想的束縛，深入認識文學的藝術規律、藝術特徵。其次是，太極詩學關於自然、人性、真於僞、美與醜、主觀與客觀、形體與精神、語言與思想等一系列哲理的認識，啓發了文論家們去探索藝術的奧秘。可以說，老莊詩學對中國古代詩學影響是巨大的，而且有很多方面是具決定性的。

　　老莊提出的一系列範疇，如「道」、「氣」、「象」、「有」、「無」、「虛」、「實」、「味」、「妙」、「虛靜」、「玄鑑」、「自然」等對中國古代詩學形成自己的體系和

特點，產生了巨大的影響。特別是《老子》、
《莊子》中想像、理趣、抒情、誇張等詩歌藝
術性，爲詩學空間增添了豐盈的內涵和神奇的
色彩。中國古代詩學關於藝術創造、藝術生
命、審美客體和審美關照的一系列特殊看法，
以及關於「澄懷味像」的理論、關於「氣韻生
動」的理論、關於「虛實結合」的理論、關於
「味」和「妙」的理論、關於「平淡」和「樸
拙」的理論等等，它的思想發源地，就是老子
哲學和太極詩學。

　　老莊的太極詩學，既包括古希臘哲人亞里
斯多德所說的包括一切文藝理論在內的廣義的
「詩學」，也有關於詩歌這一特定文體的理
論，即狹義的詩學。《老子》已將詩人的靈感
和哲人的智慧完美地凝合於自然生命的本質
之中，正如蘇格拉底所云：詩人「不得到靈
感，不失去平常理智而陷入迷狂，就沒有能力
創造。」（柏拉圖《文藝對話集・伊安篇》引）
的格言。老子詩中充滿「絕聖棄智」之非理性
精神，正是其思想精神所在。按照中國文學發

展的實際情況看，傳統的文學理論基本上是議
論文、應用文的理論，並非純粹的文學理論，
屬於純粹的文學理論而又能夠貫穿始終的唯有
詩歌理論。所以「詩學」是一個很廣泛的概
念。

　　論老子、莊子的太極詩學免不了與西方詩
學進行比較，這就有一個對「太極詩學」的界
定問題。古代文論、古代詩學都是一種假定，
一種理論假說。西方人把《詩學》（Poetics）稱
爲文藝理論，這是一種延續的說法，而中國太
極詩學的理論內涵，是爲了研究的方便假定
的。中國古代詩學和西方詩學都是自成一體的
文化樣式，他們之間的差別是結構系統上的，
所以很難溝通。因此，在作這種比較時或引用
西方文論論證老子詩學時，應特別謹慎，一要
以老子的原文爲根據，二要注意不同文化背景
的差異。

第三節 太極詩學諸範疇

太極詩學包含著豐富的詩學思想資料，在《老子》、《莊子》的著作裡，雖然很難找到闡述詩學問題或文藝問題的篇章，對於詩學概念也沒有一個明確的定義。但是老子和莊子卻往往用許多極其生動的譬喻和寓言故事，闡述他們的哲學思想和詩學思想，表明了他們的詩學見解。

1.太極詩學的核心──本體論

本體，康德認為本體乃「自在之物」，本體論，是關於存在物的學說。因此，太極詩學的本體論，是關於老莊特別是《老子》、《莊子》書中的文藝理論問題的探討。太極詩學揭櫫了「道」的主題，是詩學中的中心範疇和最高範疇。「道」有雙重含義，一是世界的本原，一是客觀的必然。「道」是原始混沌，所以有「有物混成，先天地生」（25章）。老子

所謂「樸」、「玄」、「恍惚」等，都是對這
種原始混沌的形容。「道」產生萬物，「道
沖，而用之或不盈。淵兮，似萬物之宗」（4
章），「道」無所不在，存在於一切事物中。
「道」沒有意志、沒有目的，所以「道法自然」
（25章）「道常無爲而無不爲」（37章）。「道」
是永恆運動著的，是宇宙萬物的生命。莊子和
老子一樣認爲「道」是宇宙萬物的本源，並
明確地肯定道是精神性的。它說：「夫道，有
情（精）有信，無爲無形；可傳而不可受，
可得而不可見；自本自根，未有天地，自古以
固存；鬼神鬼帝，先天地生。」（《莊子・大
宗師》）道不僅表現爲宇宙運行的總規律，也
表現爲萬事萬物的各種具體規律，這具體規
律，包括詩學的規律，也包括太極詩學本體的
規律。如：自然、虛無、美醜、言意等及
「道」、「氣」、「象」、「有」、「無」、
「虛」、「實」、「味」、「妙」等都是太極
詩學的範疇，有的在後來的歷史發展中從哲
學轉化爲詩學範疇。

2.太極詩學的思維──辨證論

　　太極詩學以自然天道代替神學天道，推動
了古代理論思維的發展，在中國思想史上有非
常巨大的功績。但它畢竟是從神話思維、原始
思維向邏輯思維過度的階段，「它本身是一個
自然過程」。太極詩學保留著原始思維的某些
特性，在真理性、現實性和實踐性上，還無法
達到自己思維的此岸性。因此，它一方面承認
客觀必然性的存在，另一方面又否定認識必然
規律的可能，表現出道的神秘性。老子的「道
可道，非常道」（１章），反覆申訴道的不可
知、不可言，「惚兮恍兮，其中有象；恍兮惚
兮，其中有物」。（２１章）以及關於「美」與
「惡」，「善」與「不善」等都表現出樸素辨
證法思想。老子的這種虛無主義的美惡觀，影
響了莊子。莊子說：「彼之所美，我之所惡；
我之所美，彼或惡之。」（《莊子・天地》）從
莊子的這種觀點看，他抹殺了美惡之間質的規
定性、取消了美惡的對立統一，陷入了相對主
義。莊子也有「道不可聞，聞而非也；道不可

見，見而非也；道不可言，言而非也。」
（〈知北遊〉）這種道的神秘性，對中國古代詩
學是有影響的，因為文藝創造是一種複雜的精
神勞動，在藝術思維過程中的變化是異常微妙
的。

　　太極詩學的「反者道之動」（40章）承認
矛盾的普遍性，同時充滿辨證法思想。它否定
相對靜止，誇大矛盾的同一性，抹殺不同事物
之間質的差別等等，這些思維過程也表現了原
始思維的特徵。所謂「坐忘」，忘掉現實世界
的一切，所謂「無為」，反對有為，即反對發
揮人的主觀能動作用去改變自然。而文藝活動
屬於「有為」，自然要反對。這種主體意識的
思維，表現了太極詩學不成熟的一面。

3.太極詩學的美醜──美感說

　　太極詩學論美，「天下皆知美之為美，斯
惡矣；皆知善知為善，斯不善矣。」（2章）此
「美」雖不是老子第一次使用，但就詩學概念
來說，老子卻給予它一個規定。首先，它區別
了美和善，而且把「惡」或「醜」與「美」對

立起來，使之美和醜，善和惡相互比較、相互依賴而存在。「美」作為詩學，也作為美學理論第一次成為獨立的範疇，具有重要意義。

老子的時代，美和藝術是專供奴隸主和貴族享受的，老子對此極不滿。因此他對美和藝術採取了簡單的否定。他說：「五色令人目盲，五音令人耳聾，五味令人口爽……。」（12章）「五色」、「五音」是指藝術，指美。和「美」相聯，老子還談到「味」。作為審美標準：「淡乎其無味」，是一種特殊的美感，一種平淡的趣味。後人繼承老子的思想，形成了一種特殊的審美風格──「平淡」。莊子說：「德將為汝美，道將為汝居。」（〈知北遊〉）他喜愛「德充之美」，即精神之美。道德就是「無人之情」，即擺脫是非、好惡、利害的束縛，在精神上超脫世俗才是美的。一個醜人，即使形貌醜陋、肢體殘缺，只要才全德充，也是「美」的。此體現了老莊在審美活動中，對待形體美和精神美的關係，強調、重視精神美的主張。這裡，太極詩學提出了文藝創

作的一個重要命題：塑造人物要形神兼備。

　　「聖人爲腹不爲用」（12章），老子對美和實用、美感和快感做了區別。「美言可以市尊，美行可以加人」（62章）老子對形式美持否定態度。他認爲「大丈夫」應該排除形式美，所以他說：「信言不美，美言不信。」（81章）老子的這種思想對詩學史和美學史的影響是很大的。

4.太極詩學的韻味──意境說

　　老子講「大音希聲，大象無形，道隱無名」（41章），是說最高的聲音是聽不到的，最大的形象是沒有形狀的。老子的無名、無象、無狀，是超形象、超感覺的。這種思想反映到文學藝術領域，對藝術家的創作產生了深刻影響。從莊子到魏晉「言意之辯」；從「道隱於小成，言隱於榮華」（〈齊物論〉）到「言不盡意」、「景外之景」、「韻外之致」、「味外之味」，從哲學認識論的角度揭示了文學藝術意境的奧秘，對我國民族藝術審美個性的形成有重大的作用。

　　中國藝術強調主觀情感，追求心靈外化，偏重意境創作。莊子說：「詩以道志」(《莊子・天下》)志，即指人的某種思想感情。詩人和詩論家追求情景在意象中的融合，創作一種情景交融、意趣無窮的審美意境，這種重表現作者主觀心靈的感受和作者審美情趣的特點，可以從老莊太極詩學中找到根源。

　　老子的「道之為物，惟恍惟惚。恍兮惚兮，其中有物；恍兮惚兮，其中有象」(21章)。說明「道」的存在，是有無相生，虛實相資。老子的「道」是「微」、「希」、「夷」，是「恍惚」，是「窈冥」，對此，人的感官是無能為力的，必須從心靈去體驗、去領悟。老子的這種「道」境，就是文藝作品中被推崇的情景交融、形神兼備的「意境論」。這種理論啟發了後人的藝術思維和創造，中國古典的「境界說」、「韻味說」等，都可以從老子這裡找到源頭。中國藝術強調主觀情感的表達，追求主體心靈的外化，偏重於境界的創造。

5.太極詩學的虛實——神韻說

　　老子之道乃天地創生之源，萬物存在之
本。「淵兮，似萬物之宗」，「湛兮似或存」
（4章）萬物皆從此虛空中來，又復歸虛空中
去。在文學創作中，「有」和「無」的關係即
表現爲「實」和「虛」的關係。有是以文字、
聲音、色彩所表現的有形有象的「實境」，無
是通過此聲色形象而體驗、領悟到的「虛
境」。中國藝術講究「虛實相生」，「相反相
成」，繪畫中的空白，象徵生成萬物的虛空，
是宇宙間靈氣往來、生命流動之處。這可謂老
子「以少勝多」思想在藝術創作中的最佳體
現。莊子比老子更徹底，強調「虛」。「唯道
集虛；虛者，心齊也。」（〈人間世〉）要「虛
而待物」，屛除耳目心知，在主觀上把包羅萬
象的廣大宇宙都當做絕對的「無」了。莊子還
把「虛」和「靜」聯繫在一起，「聖人之靜也，
非曰靜也善，故靜也；萬物無足以饒心者故靜
也。……」（〈天道〉）經莊子的生發，形成了
內容豐富的「虛靜說」。

　　老子的「道」是無，是大全，是美的完滿，但又是恍惚而不可捉摸的。作為認識對象，老子認為它是可以領悟、認識的，精神的最高境界是「悟道」。「悟道」的過程，即是與自然融為一體的過程。自然山水存在的意義即在於「以形媚『道』」，其審美價值也正體現在對「大道」的傳達上。同時，「大道」也正是通過自然山水而顯現出來。這種思想反映到文藝領域，則形成了中國形神關係特有的觀念，即「以形寫神，遷想妙得」（顧愷之）的理論。認為形乃傳神的工具，但傳神是最終目的。於是，在宋代對形神關係有了更深入的了解，形成了強調神韻的「神韻說」。

6.太極詩學與女權——女性論

　　太極詩學緣起老子，《老子》一書也充滿了女性觀念，女權優於男權。吳怡曾論道：「《老子》一書徹頭徹尾是女性哲學，他講母，講嬰兒，講玄牝，講水，講柔弱，講慈，講儉，可說無一不與女人有關。」[4]老子說：「谷神不死，是謂玄牝。玄牝之門，是謂天道

根。」（6章）其意是：虛空之精生化萬物沒有止息，這就叫做玄牝。然「牝」和「牡」是相對的，牡是公馬，牝是母馬，「玄」是深黑的，從性質上看，都有「陰」的意思。表示女性之陰戶的象形文字，除了《說文解字》明確指出的「也」字之外，還有「匕」字，「匕」乃是「牝」的初寫，也就是說牝字是「匕」的發展。所以「牝」也含有雌性陰戶的意思。「玄牝」最本始的意義當是母性生殖器官，作爲一個哲學家，老子在這裡用「玄牝」只是一個象徵。玄牝是谷神的轉換，則是萬物之母。「有物混成，先天地生……」（25章）周而復始地運行而不改其常跡，可以稱之爲天下之母。

　　老子以「玄牝」作爲「道」的象徵，這種主陰的思想觀念，可以追溯至母系氏族社會。在甲骨文中的「威」字象徵母親坐在斧頭上發號施令，顯示了女子的崇高地位。大地育載萬物，而女性同樣擁有這種生殖能力。老子說：「有名萬物之母」（1章），「道冲而用之或不盈」（4章）「大盈若冲」（45章）。「冲」是虛

空，作爲一種內虛中空的替代物，是女性和母體的象徵。可見老子是從女性的觀點來分析事物的。老子的這一思想對太極詩學以及後世的詩學理論都產生很大的影響。魏晉以後也有頗露鋒芒的女性，受老莊思想影響，一些文化素養極高的女性也是清風雅致、語言機鋒，顯得頗爲出眾，絲毫不讓鬚眉，出現了許多詩人和詩論家。當代女性主義文學批評模式，也有與老子有關女性的論述相似。伊蓮恩·蕭瓦特（Elaine Showalter）的女性文學批評理論的四種模式[5]：生理的（biological）、語言的（linguistic）、心理分析的（psychoanalytic）、文化的（cultural），其中生理的一項，就與老子的有化育萬物的女性相似。

7.太極詩學的時空──宇宙論

太極的意識空間概念，可從「可道」到「常道」；從「有名」到「無名」；從「常有」到無有」的理論思維中找到。《老子》第6章、第11章，都談到了太極的意識空間問題，這意味著，要求人們通過感覺經驗找超越感覺的

經驗；從時空中的存在去找超越時空的存在。
老子用「從果求音」、「由末反本」的方法論
證了有名有形的天地萬物必有一無名無形的本
原（道）；時空中的事物的存在必有一超時空
者作爲其存在的根據，這是一個意識空間問
題，也建立了他的本體論的形上學。可見在
《老子》中有相當的宇宙論（Cosmology）和本
體論成分。

　　老子認爲「有」生於「無」，虛無的作用
很大，它是天地的根源，能產生無窮無盡的東
西。「道冲而用之或不盈」（4章），「大盈
不窮」（45章）是說道是空虛的，在發生過程
中永遠不會變成盈，而最充實的東西好像虛空
一樣，兩句都說的是虛空，虛空是空間的概
念。它打了一個比喻，虛無就是神秘的母性的
生殖器，一切事物都從這兒來。他所說的虛
無，就是道，是「視之不見，聽之不聞，博之
不得」的東西。他同時認爲空虛，才使車、器
皿、房屋有用，「無」是空虛時，才發揮空虛
的作用。老子進而論到：人與空間，物與空

間，身體與空間，情感與空間的問題以及小宇宙和大宇宙的關係。這種思維影響著中國詩學，如「言外之意」、「弦外之音」等，它所追求的是「一筆破混沌」，以有限的形象昭示出無限的時空境界，如此說明了太極詩學的宇宙空間。

註　　釋

[1] 原載《馬丁·布伯著作集》，第一卷，海德堡，
蘭伯特·施奈德出版社，1962年版，第1023-1051
頁。

[2]*Philosophic classics, Volume I, Ancient Philosophy,*
p.16, Ed. by Walter Kaufmann and Forrest E. Baird,
Prentice Hall, New Jersey, 1994.

[3]《古希臘羅馬哲學》，商務印書館，1961年版，
21頁。

[4] 吳怡，〈中國哲學與女性之德的運用〉，載《中
國哲學的生命和方法》，臺北東大圖書公司，
1998年4月，87頁。

[5]Elaine Showalter, "Feminist Criticism in the Wilderness"
Elaine Showalter ed, *The Feminist Criticism Essays on
Women, Literature and Theory*, 1989, pp.250-252.

第一章
太極詩學的核心

　　太極詩學沾溉後世，餘響不絕，人們多從老莊哲學思想對中國藝術之影響加以研究，或衍伸爲文學觀念的討論，很少論及《老子》、《莊子》與中國古代詩學及藝術理論的關係。由於《老子》、《莊子》自身所具備的詩歌藝術特徵及其老莊對自然、社會、人生的探討，都包含我國最根本的藝術精神：自然性、形象性、抒情性、含蓄性，所以，我們有充分的理由對妙契藝境的太極詩學精髓作出新的闡釋。

第一節　老莊藝術精神的自然性

　　貴自然，是中國古代文學創造的一個寶貴傳統，也是太極詩學的核心，而它的思想根源，主要是老莊所倡導的自然之道，即所謂「道法自然」、自然而然、順應自然。自然界有自己的運行規律，天地、四時、萬物都與人聯繫在一起，被人格化了。它們按照自身規律造就了自然界的和諧而生生不息。重自然的文學傳統，主要表現在強調作家自我的個性解放，「天道」與「人道」；表現人的自然真情，「素美」與「真美」；自然無為，「復歸於樸」與「反樸歸真」。

1.「天道」與「人道」

　　《老子》一書不僅討論了自然與人生，而且探討了詩歌的藝術理論，具有龐大完整的思想和藝術結構。老子討論的核心是「道」，這個「道」既包括「虛無」的「天道」，又包括

「切實」的「人道」。老子對天道的理解又是
對人生的體驗而來，顯示出自然化的人格本
體，內蘊深層的藝術精神。老子對「道」的分
析由哲思向藝術的昇華，爲我國古代詩學提
供了最質樸的自然本體和最高超的自然境界。
把「道」歸結爲自然，即所謂「道法自然」（25
章）。他認爲：天地是自然的，「若天之自
高，地之自厚，日月之自明，夫何修焉」
（〈田子方〉），自然無爲成了太極學說的核
心。

　　在《老子》一書中，老子把「天」看做自
然，又說「天道無常，常與善人」（79章），
這說明「天」有人格觀念。莊子則把「天」變
成了「自然」的同義語，「天開者德生，開人
者賊生」（《莊子・達生》）將天人並舉，天即
指自然。老子認爲「道」的本性是「自然」、
「無爲」的，而人是應該效法「道」的，所以
他說：「道常無爲而無不爲，侯王若能守之，
萬物將自化。化而欲作，吾將鎮之以無名之
樸，夫將不欲。不欲以靜，天下將自正。」

（37章） 說明了「道」的自然「無爲」的本性，這種「無爲」實質上是「無不爲」。所以他又說：「以正治國，以奇用兵，以無事取天下。吾何以知其言？……我無爲而民自化……」（57章）即把「道」、「無爲」落實在人世間的社會生活的層面上，所以「無爲」是「法自然」，「無不爲」也是「法自然」。正是因爲天道自然「無爲」，萬物才能順應「自然」而「自化」、「自正」、「自樸」；正因爲天道自然「無爲而無不爲」，萬物才必須按照天道自然無爲的規律運行。所以，人世的社會生活中應掌握的原則應該同於道，即用「無爲無不爲」的方法來對待一切。老子對道的理解，一曰「道可道，非常道」，「常無，欲觀其妙；常有，欲觀其微」（1章），即對處於有、無之間的不可道、不可名之「常道」的抽象認識和朦朧理解。二曰「有物混成，先天地生」「玄之又玄」，即對道「心」的理解或心靈對「道」的體悟，使玄遠之道隱示出似可感而不可觸，似可思又甚可疑的內涵。三

曰「明道若昧，進道若退，夷道若纇。……大音希聲，大象無形」（41章），揭示老子藝術思想的真旨，其中包括沖虛自然的藝術境界與玄和豫暢的認識修養，構成太極詩學的特徵。

　　自然的思想貫穿道家學說的各個部分，自然也在道家詩學裡占有重要地位。老子的無為無不為，莊子崇尚無為，就是反對發揮人的主觀能動作用去改變自然，文藝活動是屬於「有為」，所以是在他們的反對之列。道家推崇自然而然、不經雕琢的美，以自由（自我）的精神觀照自然，以自然的精神觀照自我（人生）。《老子》中包含天地自運和生命震盪的自然意識，「善行無軌跡」（27章），即順自然而行（王弼注）。范仲淹〈老子猶龍賦〉云：「昔老氏以觀妙虛極，棲真渾元，握道樞而不測，譬龍德而彌尊。……大道卷舒，非龍何如？言豹隱者，胡能比矣；稱虎變者，近可方諸。」通過意識誇張的手法描繪了老子的思想中至高至崇的自然境界。而概觀老子以詩的意境所標示的自然之奧妙，主要表現在「大象

無形」、「有無相生」和「言辯之美」三方面。

　　「大象無形」是說最大的形象是沒有形狀
的，是《老子》詩學中有關意識形象之塑造的
構想，然探索之構思之本源，顯然有一種超形
象之自然性的體 「道」意義。因此 「大象」
之所以「無形」，是因爲《老子》「大道」之自
然。作爲「先天地生」、「可以爲天下母」的
宇宙本體之 「道」，是處於可見與不可見的
朦朧恍惚的詩學之中的。「道之爲物，唯恍唯
惚。惚兮恍兮，其中有象；恍兮惚兮，其中有
物；窈兮冥兮，其中有精。」（21章）明辯了
道心無所不包之玄奧，老子描摹的道心虛靜之
狀，乃是寥廓幽冥、渺茫恍惚的心靈。由於老
子感受到宇宙之間既有可直接視聽的形式、聲
音，也有更廣遠、更完整的形象 （大象） 和
聲音（大音），所以在膺襟之間飛蕩出渾茫超
俗的情懷，才有「我獨異於人，而貴食母。」
和「沌沌兮」的感嘆。它展示一種如大海一樣
平靜、如高風一樣飄逝的自然人格或人格自然
化的意境。它貫穿著老子的世界觀、認識論和

方法論對自然之謎的探討，是老子對宇宙本體的科學解釋，也是太極詩學象外之象、音外之音的理論根據。老子這裡是對無名無形、永恆之道的一種形象說明，這種思想反映到文學藝術領域，對藝術家的創作產生了深刻影響。

老子說「有無相生」，就是說車之所以為車，器之所以為器，室之所以為室，是老子於自然大化的 「道」或「玄」之上，涉獵的以道相反相成的辨證命題，其內涵之作用，乃是詩學自然美的表現。「有無相生，難易相成，長短相形，高下相盈，前後相隨。」（2章）這是老子首次將「有」「無」關係從自然形態落實於人生行事，將哲學的辨證落實到詩學之中。「太上，不知有之……百姓皆謂我自然」（17章）以自然無為精神，幻想迷離呼喚淳風，妙造自然之美，詩中涵蘊著「無」的功用。「飄若浮雲，矯若驚龍」（25章），喻示了一種大「無」的神秘作用，是老子對「無」的審美關照。它開啓了我國詩學的「虛實相生」、 謂美的雋永深遠之妙境，也奠定了我

國詩學輕「形」重「神」的審美體驗。

　　從莊子到魏晉玄的「言辯之美」，是概括和繼承太極詩學的「知者不言，言者不知」、「信言不美，美言不信」、「善者不辯，辯者不善」所形成的審美觀念，是《老子》自然之道的詩學思想的發展。它揭示的言意問題，成為思想家和藝術家所熱中探討的問題之一。莊子進一步發揮了「道」不可道的思想，提出「言不盡意」論。他說：「世之所貴道者，書也。書不過語，語有貴也。語之所貴者也，意有所隨，意之所隨者，不可以言傳也。」（《莊子‧天道篇》）說明言辭雖有傳情達意的功能，但它又是難以盡意。莊子還認為：「可以言論者，物之粗也；可以意致者，物之精也；言之所不能論，意之所不能察致者，不期精粗焉。」（《莊子‧秋水》）即是說，除了「言」所把握的「物之粗」，和「意」所達致的「物之精」外，還有一個言意所不能企及的「不期精粗」的世界，那就是道的境界，也是言意所要追求的最高境界。它體現了文學藝術

意境的奧秘，對藝術家產生了深刻的影響，推動著他們去探尋「景外之景」、「韻外之致」、「味外之味」的藝術世界，這對中華民族藝術審美個性的形成有很大的作用。

2.「素美」和「真美」

　　「道法自然」又有「素美」和「真美」兩種範疇，老子的「見素抱樸」（19章）即外要素淡無華，內要保持樸質；外在要表現自己的本性，內心要抱持、守定自己的本真。所謂「本真」、「本性」就是人的自然之性，即人的自然之道，自然之德，也可以說就是人性，人類的天性。自然就是素樸，即保持事物的本來面目，不加修飾。莊子也要求「明白入素，無為復樸」（〈天地〉），素美的觀點為歷代很多文藝理論家所接受。「素也者，謂其所與雜也；純也者，謂其不虧其神也。能體素純，謂之真人。」（〈刻意〉）司空圖《二十四詩品》中承繼老莊「素美」「真美」詩論，提到「素處以默」（「沖淡」），「體素儲潔」（「洗煉」），「虛佇神素」（「高谷」）等都是素美的寫照，

足見司空圖欣賞素樸之美。這種詩學思想影響後世，使文學便有「絢爛歸於平淡」之論。

　　自然之道是老子思想和太極詩學的核心，自然也就是真實，即保持事物的真實狀態，不作僞。「道」是自然之道，在老子看來，「道」作爲宇宙萬物的本源，是自然無爲的。「無爲」不是無所作爲，而是無意而爲之，即不帶任何意識的、目的的爲。「道」本身的存在就是自然的，「人法地，地法天，天法道，道法自然。」（25章）而「道」生化萬物，也是自然而然。所謂「道之貴也，德之貴也，夫莫之爵，而恆自然也。」（51章）這個「無爲而無不爲」的自然之道，是對推動宇宙萬物自然生成、自然變化、自然發展的自然力作用的高度抽象的表達，是老子通過對宇宙萬物包括人世生活的無數偶然現象的靜觀默察而得出的、對必然性的認識。老子對這種「貴自然」、「自然的必然性」的認識，也就是對真實的認識。在《莊子》中出現了「貴真」的理論，他說：「真者，精誠之至也。不精不誠，

不能動人，故強哭者雖悲不哀，強怒者雖嚴不
威，強親者雖笑不和。真悲無聲而哀，真怒未
發而威，真親未笑而和。真在內者，神動於
外，是所以貴真也。……禮者，世俗之所爲
也。真者，所以受於天也，自然不可易也。故
聖人法天貴真，不拘於俗。」（《莊子‧漁
父》）這說明真即自然，真和禮是對立的，而
貴真是和法天（即自然）相聯繫的。老子對貴
真的認識是通過對「赤子」品格的讚頌來表現
的：「含德之厚，比於赤子。毒蟲不螫，猛獸
不據，攫鳥不搏。骨弱筋柔而握固，未知牝牡
之合而峻作，精之至也。終日號而不嗄，和之
至也。」（55章）莊子也有類似的話，「兒子
終日嗥而嗌不嗄，和子至也……。」（〈庚桑
楚〉）這說明赤子或嬰兒之所以可貴，就在於
他們的真誠自然，毫無虛假做作，所以「精之
至也」，「和之至也」。

　　由此可見，老莊主張率性自然，就是認爲
只有真實的情感才是動人的。莊子認爲「不
精不誠，不能動人」（《莊子‧漁夫》），是積

極合理的，在太極詩學中有重要的意義並且影響久遠。在藝術創作中感情不真實、無病呻吟的作品是不能動人的。藝術欣賞，甚至對自然風景欣賞，也常常是在激發了欣賞者的真情實感的時候，才能領略到美的本質而獲得精神的愉悅。張繼的「月落烏啼霜滿天，江楓漁火對愁眠。姑蘇城外寒山寺，夜半鐘聲到客船」，使蘇州的寒山寺名聞遐邇，多少遊客不遠千里來到這裡聽聽夜半的鐘聲。詩表達了詩人的真實情感，但是如果自身缺乏「鄉愁」的真情實感，不能與詩人的感情共鳴，是不可能得到美的享受的。由於「貴真」在詩學上的普遍意義，為在歷史上各個時代所重視，特別是在衡量一件作品優劣時，真實是首要條件。老莊崇尚自然的觀點，對古代詩學產生極大影響。所謂「妙造自然」，劉勰的「自然之道」、鍾嶸的「自然英旨」、蘇軾的「文理自然」，及近代王國維論「元曲之最佳處」，「一言以蔽之，曰：自然而已矣。」（〈元曲之文章〉）自然論在中國詩學史上匯成了滔滔不絕的洪流。

3.「復歸於樸」與「返樸歸眞」

　　與「自然」具有相同意識的概念還有「樸」、「素」、「淳」等，老子把「道」又稱爲「無名之樸，夫亦將不欲，不欲以靜，天下將自正。」（37章）而且強調「道常無名」（32章），認爲「古之善爲道者」，「敦兮其若樸」（15章）。據《說文解字》：「樸，木素也。」就是未經加工雕飾的自然狀態的木頭，以「樸」喩「道」，強調道的自然無爲。老子說：「道常無名樸」（32章），就是用「樸」來形容「道」那種本眞、原始的狀態。老子認爲道和道生的萬物皆爲自然，人性當爲自然，而人性的最高境界是「赤子」、「嬰兒」狀態。他說：「沌沌兮，如嬰兒之未孩。」（20章）「常德不離，復歸於嬰兒。」（28章）「含德於厚者，比於赤子。」（55章）道生萬物，「德」也就在其中了。對於人，也就是人性，「常德」，也就是人的永恆的自然的人性。老子要求人民擺脫某些觀念的束縛，保持一顆赤子之心。當然老子的「復歸於樸」（28章）有它的

歷史局限，全面發展的完美的人性，要產生
「質」的飛躍，不是簡單的復歸。莊子也談到
素樸之美，他說：「素樸而天下莫能與之爭
美」（〈天道〉），這淡然無極之美即未經雕琢
飾染的自然之美，是美的極致。

　　老子講「復歸於樸」是針對貴族統治者一
套宗法觀念提出來的。正是由於這些觀念污染
了人性，使人們失去了赤子之心。他說：「大
道廢，有仁義；智慧出，有大偽；六親不和，
有孝慈；國家昏亂，有貞臣。」（18章）這是
以自然之道為武器對宗法觀念的全面批判。莊
子崇尚自然真情，以「真」與「俗」相對，「聖
人法天貴真，不拘於俗」（〈漁父〉）。所謂
「俗」就是指宗法觀念和制度及其舉措。老子
對統治階層的聲色享樂，也以其戕害淳樸的自
然而加以否定，提出「絕聖棄智」的主張；莊
子也激烈抨擊世俗仁義禮智，鼓吹社會向自然
回歸，回到原始樸素的至德之世。老莊都主張
反樸歸真而反對「偽」，就是要人們的內心世
界不受偽善觀念的束縛和戕害，歸於自然淳

樸。他們要求人性之自然，也就是要求個性之
解放，在詩學發展史上有積極意義。

　　返樸歸真是一種淳樸自然，是其「道法自
然」思想的具體體現，它啓發歷代文人對於理
想社會的追求。晉代的大詩人陶淵明寫下膾炙
人口的〈桃花源記〉，描繪了一個理想的桃花
源社會，具有濃重的道家色彩，明顯是受老莊
的影響。那種自然、和諧、寧靜、單純的太極
詩學，正是老莊和陶淵明共同追求。

第二節　老莊藝術精神的形象性

　　老莊所言及的「象」，兼括人物形象和自
然形象，其特色是通過形象的塑造融會情感和
哲思於一體，達到玄妙之境。人物形象，「懷
道抱德」（江淹〈無爲論〉），對「善士」、「赤
子」個性的深切刻畫和栩栩如生的描寫，充滿
詩意的魅力。「氣」、「象」、之形象，包含
無限的「自我」和與世界在一種心靈上的深刻

體驗。原始混沌的「道」，產生萬物，「道」體現審美對象，對「道」的形象塑造，既體現抽象哲思，也彙成整體形象。

1.「善士」與「赤子」

　　《老子》運用詩歌比、興手法將精微玄妙的哲理轉化爲藝術形象。「古之善爲士者，微妙玄通」（15章），使得「善士」形象在人物容顏、神情、心態的描繪中得以栩栩如生。老子以童真天趣之完美，隱喻蓄德深厚的「赤子」形象，昭示「沖氣之和，積而未散」（魏源《老子本義》下篇）的哲思，具有超凡神奇的力量。正因爲這種「善士」、「赤子」的形象塑造和藝術誇張的手法，使一種心靈審美的形象高大、完美。老子還以「直而不肆，光而不耀」之「聖人」形象與「服文采，帶利劍，厭飲食，財貨有餘」之「盜夸」形象的比照，揭示其情感，體式其純真的審美觀念。

　　莊子也提出了形象性的問題，「抱神以靜，形將自正」，「神將守形」（《莊子‧在宥篇》）其中「形」即指形象，神即指精神。在

莊子的筆下，既出現了居於「藐姑射之山」，
「肌膚若冰雪，綽約若處子」（〈逍遙遊〉）那
樣形神兼美的神人，也有更多的是形貌醜陋、
肢體殘缺，然而才全德充的畸人。如魏國的
醜人哀駘它（《莊子・德充符》）、〈說山訓〉
中的「君形者」都是具有鮮明形象的人物。以
後，形象不僅限於人物，而且擴大到山水、鳥
獸、花卉等。不僅論形，而且論神。詩學史
上圍繞著形神問題出現了種種看法，但接受莊
子的影響，主張形神兼備，以神似重於形似始
終占據主流。蘇軾詩云：「論畫以形似，見於
兒童鄰；賦詩必此詩，定非知詩人。詩畫本一
律，天工與清新……。」詩畫同理，畫如此，
詩亦然。所謂「以形寫人」、「形神兼備」，
早為詩學家所注意。鍾嶸《詩品》很重視形象
性，「文體華淨，少病累，又巧構形似之
言」。劉勰《文心雕龍》云：「夫形而上者謂
之道，形而下者謂之器。神道難摹，精言不能
追其極；形器易寫，壯詞可得喻其真。」（〈誇
飾〉）都談到形神的問題。

　　「象」即物的形象，也即是藝術作品中的
藝術形象，天、地、人以及萬物，都在象中顯
現。它必須體現「道」、體現「氣」，才能成
為審美形象。如，魏晉南北朝的宗炳提出的
「澄懷味象」，即「澄懷觀道」，其「味象」即
「觀道」。也就是說，審美觀照的實質不在把
握物象的形式美，而在把握事物的本體和生
命。所以有「取之外象」，易得對「道」得關
照。魏晉時期的理論家還提出「氣韻生動」的
命題，這一思想成為中國藝術理論的最高詩學
原則。

　　「象」體現審美對象，「象」和「氣」是
與「道」緊密聯繫的範疇。「象」也離不開「道」
和「氣」，「象」如果離開了「道」和「氣」，
它也就失去了本體和生命力，變得毫無意義。
莊子也提出：「抱神以靜，形將自正」，「神
將守形，形乃長生」。形指形體，即「象」，
藝術形象；神指精神，即審美對象的思想內
容。太極詩學最重要的範疇是「道」、「氣」、
「象」，這三個相互聯結的概念。下面，我們

再從「象」與「道」和「氣」的聯結和關係中
看看老莊的太極詩學。

2.「氣」、「象」與「其精甚眞」

　　老子說：「道之爲物，惟恍惟惚……其精
甚眞，其中有信。」（21章）「氣」與「道」緊
密相連，雖恍惚窈冥，卻不虛無，「道」包含
有「象」、「物」、「精」等是眞實存在的。
超出感知之象的象，稱氣象與意象，又指天、
地、人的整體之象。大自然的氣象萬千，此人
的氣象不凡，均以氣象表示大自然或人的整體
內涵之象。藝術創造中的「氣韻生動」，也指
藝術整體內涵的氣象。在「象的流動與轉化」
中，外在的、感知的象轉化爲氣象或意象，這
氣象，已經是更高層次精神之象的意象。「精
也者，氣之精者也」（《管子・內業》），這裡
所說的「精」就是「氣」，「道」包含「氣」。
老子的「冲氣以爲和」，是他的宇宙發生論。
「道」產生混沌的「氣」，則爲「一」，混沌
的「氣」分化爲「陰」、「陽」二氣，則爲
「二」，「陰」、「陽」合和的狀態則爲「三」。

因此，萬物的本體和生命就是「道」、「氣」，「象」也就離不開「道」和「氣」。

　　中國古代詩學關於審美客體、審美關照、藝術生命等範疇，曾形成了某種特殊的觀念。詩論家們認為：審美客體並不是孤立的、有限的「象」。作為審美對象的「象」，還必須體現「道」和「氣」，也就是說，審美對象，不能僅僅體現孤立的形象。審美關照也不是孤立的，也就是說，審美關照的實質並不是把握物象的形式美，而是把握物象的本體和生命。因此，詩論家們提出要突破「象」的局限，要「取之象外」，突破「象」而達到「境」，「境生之象外」。「境」作為審美客體，它是生活形象的客觀反映，比「象」更能體現「道」（「氣」）。藝術作品必須表現宇宙的本體和生命（「道」，「氣」），只有這樣，作品本身才有生命。從魏晉時起，詩論家們提出「氣韻生動」的命題，延續幾千年，成為中國藝術美的最高原則。

3.「道」體現審美對象

　　先說「象」與「道」的關係，老子說：「有物混成，先天地生。寂兮寥兮，獨立而不改，周行而不殆，可以為天下母。吾不知其名，強字之曰道，強為之名曰大。」（25章）即是說「道」是在天地產生之前就存在的原始混沌。它不靠外力，卻能生成萬物，即各種形象，非人所能創造。老子說：「道生一，一生二，二生三，三生萬物。萬物負陰而抱陽，沖氣以為和。」（42章）萬物內蘊著陰又包容著陽，陰陽兩氣互相激盪而為合和。說明萬物以陰陽的形象在運動變化之中。老子說：「道法自然」（25章）「道常無為而無不為」（37章），即是說「道」雖產生自然，常沒有什麼作為，卻沒有什麼不要作為。又如老子所說：「道之尊，德之貴，夫莫之命而常自然。」（51章）道被尊崇，德被珍貴，常常是出於自然，這是作為人物形象的道德觀。老子說：「道」自己運動，「周行而不殆」（25章），道德這種運動，構成了宇宙萬物的生命。老子說：「天下

萬物生於『有』，『有』生於『無』」（40章）作爲「天地之始」，「道」是無，即「無名」、「無極」、「迎之不見其首，隨之不見其後」（32、28、14章），也就是沒有任何限制。所謂「大象無形」（41章）、「無狀之狀，無物之象」（14章）。另一方面「道」又是「有」，「有」就是要有限定、差別和界限。可見「道」具有「無」和「有」雙重屬性，是無限和有限的統一。「道」，作爲「萬物之母」，生成千差萬別的事物所表現的形象是藝術創作的源泉。老子認爲「道」，「視之不見名曰夷，聽之不聞名曰希，搏之不得名曰微。」（14章），是看不見、聽不到、摸不著的混沌與差別的統一，是「無物之象」。老子說過：「道法自然」，「吾不知誰之子，象帝之先」，說明老子的「道」是沒有意志、沒有目的的，是「無爲而無不爲」的。儘管老子的「道」，頗爲玄虛，可它是對推動宇宙萬物自然生成、自然變化、自然發展的自然力作用的一種高度抽象的表述，是對審美對象的描述；是老子對宇宙萬

物，包括人世生活的無數偶然想像的靜觀默察
而得出的對必然性的認識。

　　莊子論「道」，比老子更富於精神性。他
認爲：「絜萬物而不爲義，澤及萬世而不爲
仁，長於上古而不爲老，覆載天地、雕刻眾形
而不爲巧。」(《莊子・大宗師》)就是說「道」
之於萬物，萬物的形象就是那樣的「應之以自
然」(〈天運〉)。「道」體現了自然，「順物
自然」，是太極詩學的綱，是在一切審美問題
上都強調的，而對於文藝和文藝理論影響最爲
直接的，是其關於自然人性和自然之美的觀
點。

　　綜觀這種「道」、「氣」、「象」的理論，
對我國詩學的發展產生深遠影響。

第三節　老莊藝術精神的抒情性

　　抒情是詩的本性，老莊皆以超驗的想像，
表達熾熱的情感。抒情和誇飾的手法，聯袂翩

躍，發揚了詩人的智慧和感喟。源於直覺的認知，「聲色」與「美善」，生出形態，狀聲加采，增添了審美感受。審美過程中的「美感」和「通感」，從天籟中感悟人生。哲理得以闡發，天人同構，體悟人生，「情感」與「智慧」的結合，增強了藝術效果和邏輯力量。

1.「聲色」與「美善」

　　老子論美曰：「天下皆知美之為美，……音聲相和，前後相隨。」（2章）這段話老子區別了「美」與「善」，不僅僅在與「善」的區別中顯示自己的規定性，而且，「美」相對於它的對立物「惡」而存在的。美醜、善惡、有無、難易是相互對立而又相互依存的。

　　「美」這個概念存在雖已久遠，但給其詩學確切而獨立的範疇，始於老子。老子說：「五色令人目盲，五音令人耳聾，五味令人口爽……是以聖人為腹不為目，故去彼取此。」（12章）「五色」、「五音」、「五味」是指藝術，是指美。老子認為：是這些東西刺激奴隸主貴族的欲望，使人心發狂，而老百姓卻吃不

飽、穿不暖。老子憤世人生，對那些刺激人的
欲望、世人發狂的美和藝術持否定態度。他反
對世俗所好的表象、浮華、偽飾的美。老子把
美和善、美感和快感作了區別。他認爲：「天
下皆知美知爲美，斯惡已」（2章）、「美知
與惡，相去何若」（20章）是站在「獨異於
人」的高超境界對事態渾噩的一種洞察。這
句話體現了老子的「去甚、去管、去泰」的
精神，和他憤世人生觀的苦心。莊子則以獨特
的方式和浪漫主義手法，概括了「至人」、
「真人」的特徵：「大澤焚而不能熱，河漢沍
而不能寒，疾雷破山，風振海而不能驚。」
「乘雲氣，騎日月，而遊乎四海之外。死生無
變於己。」（〈齊物論〉）這很像是以浪漫主義
手法塑造出來的神奇人物：「以謬悠之說，荒
唐之言，無端崖之辭，時姿縱而不儻，不以綺
見之也。」（〈天下篇〉）所以莊子作品中充滿
虛構、幻想。莊子言辭「宏大而辟，深閎而
肆」，表明莊子在創作上具有「清高」、「宏
大」、「放任」、「恣縱」而「不偏儻」的精

神。莊子在創作方法上的特點是所謂：「以
天下爲沉拙，不可與莊語，以卮言爲曼衍，
以重言爲真，以寓言爲廣。……」（〈天下
篇〉）它的不少關於技藝的寓言故事，作爲一
種思想材料來看，可以聯想到藝術創作。雖
不是談文學藝術的創作手法，卻在精神上與
文藝是相通的，很多研究者都把它看做是莊
子對於文藝創作的見解。它是形成中國古代
文學審美理論的哲學基礎。

　　老莊都以直覺的方式明辯事理的同時，
又以其熾熱的情感和智慧，表現其詩美的特
色。老子說：「眾人頤頤，如享太年，我獨
博希其未兆。」（20章）眾人都熙熙攘攘，
如同享食太極大宴，我獨淡泊無爲。莊子也
說：「故萬物一也。是其所美者爲神奇，起
所惡者爲臭腐；臭腐復化爲神奇，神奇復化
爲臭腐。故曰：通天下一氣耳。聖人故貴
一。」（〈知北遊篇〉）可見，老莊都把是非
美惡當做虛幻的現象，把虛無當做絕對的真
理。太極詩學認爲「美」與「惡」「齊一」，

「美」與「惡」是相對的。這就像那充滿「聲色」、「美善」，真樸感人的抒情詩，在迷離的景物、人物中，表達了一種深層異俗心靈對自然大美、人格純美的渴望。

2.美感與快感

美和醜、善和惡是相互比較和相互依存的。老子曰：悅「目」之「五色」至於「盲」；悅「耳」之「五音」至於「聾」；悅「口」之「五味」至於「爽」；強身之「田獵」至於「心發狂」；可供玩賞的「難得之貨」至於「行妨」。這種美感是通過虛靜的心靈與渾淪的宇宙參融而來，一方面是對喪心病狂的揭露，另一方面是對闊大、平淡的「玄德」之美的讚揚。莊子發展了老子的這一思想，〈秋水〉所寫河伯的故事，說明「美」和「醜」是相對的。河伯以為「天下之美」都集中在自己身上，到了北海，看到大海這樣雄偉，才知道自己是醜的。河伯與百川比較是美的，與北海比較就是醜的了。莊子又從人和動物的美感差異看「美」「醜」的相對性：「毛嬙麗姬，人之

所美也，魚見之深，鳥見之高飛，麋鹿見之決
驟。四者蘇子孰知天下之正色哉？」（〈齊物
論〉）人能產生美感的東西，動物卻感受不
到；人認為美的東西，卻把動物嚇跑了。可
見，「美」的東西是相對於人是否能產生美
感，才能說是「美」。

　　老子的這段話肯定了美、美感，也區別了
美和實用。「聖人為腹不為目」他認為：聲色
犬馬是「為腹」，就是實用的。它產生生理快
感；「為目」，不僅有快感，也有美感，是美
的，它產生美感。

　　老子對形式美也持否定態度，他說：「美
言可以市尊，美行可以加人。」（62章）認為
在漂亮、雄辯的言辭下掩蓋著陰謀詭計。老子
又說：「信言不美，美言不信。善者不辯，辯
者不善。」（81章）他反對這種形式美。他的
「知者不言，言者不知」（56章）「大巧若拙，
大辯若訥」（45章）都對詩學和美學的發展影
響很大。韓非主張「君子取情而去貌」（《韓
非子‧解老》）與老子的這種思想有血緣關

係；老子的「大巧若拙」，成為後代許多詩學
理論家追求的審美趣味和審美風格；老子的
「光而不耀」，也成為人們竭力追求的審美理
想和理想人格。

3.「味淡」與「無味」

　　老子曰：「『道』之出口，淡乎其味，視
之不足見，聽之不足聞，用之不足既。」（35
章）老子提出了一個重要的詩學範疇：「味」。
這裡的「味」，不同於「五味」，「淡乎其無
味」已不是吃東西的味道，已經是詩學範疇，
這在中國詩論史上是最早出現的。它提出一種
特殊的美感，一種平淡的趣味。老子說：「為
無為，事無事，味無味」（63章），這裡的「無
味」是一種最高的味，而這種最高的味「恬淡
為上，勝而不美」（31章），表現一種恬淡的
趣味。這種「恬淡」的趣味，最早淵源於老子
的詩學，它影響了中國詩學的審美趣味和審美
風格。

　　在注意了「恬淡」這個審美範疇的同時，
老子還提出了「妙」的範疇，「妙」也是老子

第一個提出來的。他說：「道可道，非常
『道』，……玄之又玄，眾妙之門。」（1章）
這裡的「妙」是與「道」聯繫在一起的。「妙」
和「微」都是「道」的屬性，它們分別是體現
「道」的有無規定性的各一面。而「道」又叫
「玄」，所以「玄之又玄，眾妙之門」。「道
法自然」，即「妙」出於「自然」，老子說：
「古之善為道者，微妙玄通，深不可及……，
混兮，其若濁。」（15章）說的是「妙」取於
「道」，老子否定「美」，不否定「妙」。他
稱贊「古之善為帶者」「微妙玄通」。「妙」，
作為常用的審美評語，到了漢代成為一個詩學
範疇。班固稱屈原為「妙才」（見〈離騷序〉）
「妙」作為一個美學範疇，被人們廣泛用於審
美領域。它既出於自然，必歸於自然。所
以，「妙」必然超出有限的物象（所謂「象外
之妙」）；必然言有盡而意無窮（所謂「妙不
可言」）。我們從老子有關「味」、「妙」等
範疇，可以看到中國古代詩學範疇的一個重要
特點：詩學範疇不限於具體的審美對象和審美

過程，而是著眼於對整個宇宙的看法。所以，古代詩學與古代哲學和古代思想家的宇宙觀是分不開的。

第四節　老莊藝術精神的含蓄性

　　含蓄與模糊的聯繫是老莊詩歌和詩學理論的特徵之一。太極詩學以虛無為本，在審美過程中，求無聲勝有聲。我們「感悟」到的是「玄之又玄，眾妙之門」，或光怪陸離的大千世界，或千姿百態的自然現象，或人世紛繁的混雜變遷，處處隱著含蓄朦朧之美。在「虛實」之間，「氣韻生動」，「形神」兼備；在「虛無」之中，恬淡寧靜，有不竭的生命。

1.「感悟」與「隱蘊」

　　老子以虛為本，尚虛貴無是老子哲學的精義。「淵兮，似萬物之宗」，「湛兮似或存」（4章）。萬象皆從此虛空中來，又復歸此虛空中去。老子曰；「道之為物，惟恍惟惚」

（21章），道既是一種恍恍惚惚的東西，也就是一種沒有確定和混沌的狀態。人們從自然天籟中感悟人生妙理，所以，處處隱蘊著含蓄的意念。他認為：「天下萬物生於『有』，『有』生於無」，「道」具有「無」和「有」的雙重屬性。「無」和「有」，作為宇宙本體，從「天地之始」的角度看，「道」是「無」；從「萬物之母」的角度看，「道」是「有」。老子認為：宇宙萬物是「無」和「有」的統一；「虛」和「實」的統一，但各有不同層次。老子說：「天地之間 ……動而愈出。」（5章）天地間充滿了虛空，就像「風箱」一樣，虛空中充滿了「氣」，有虛空才有萬物的流動，才有不竭的生命。老子又說：「三十幅共一轂……故有之以為利，無之以為用。」（11章）任何事物都不能只有「實」而沒有「虛」，不能只有「有」而沒有「無」，這就是「有無相生」（2章）的意思。莊子也有「不知之知」、「無用之用」，「足之於地也踐……，恃其所不知而後知天之所謂也。」 （〈莊子・徐无

鬼〉），因之說「得其環中，以應無窮」（《莊子・齊物論》），環之中便是空無的地方。無論是車輪、器皿或房屋，都必須有空無的部分才能發揮它的效用。說明有無是相互依存的，在這種思想的啓發下，後世的文藝家創作了一系列詩學理論。如，司空圖的「韻外之致」，「味外之旨」（〈與李生論詩書〉）、「象外之象」，「景外之景」（〈與極浦書〉）、「超以象外，得其環中」（《詩品》）。

　　老子之道乃天地創生之源，「道」亦名「無」，它是一無形無色、無邊無際之虛空。莊子也強調「虛」：「唯道集虛；虛者，心齋也。」（〈人間世〉）要「虛而待物」。莊子又用鏡子來作「虛」的形象化說明：「至人之用心若鏡，不將不迎，應而不藏。」（〈應帝王〉）反映客觀事物，不應帶有主觀的思想感情，只是像鏡子一樣被動地反應。可見老莊之道是恍惚窈冥、不可捉摸的，但它還是可以被感悟、被體認的。精神的最高境界是「悟道」，與道爲一，也就是「感悟」的過程要

與自然融爲一體。社會現象和自然景物都是
「道」的外化和顯現，體現了「道」的原則和
精神。這種思想反映在藝術領域，就形成了中
國傳統藝術形神關係上的特有的觀念。如，
「以形寫神、遷想妙得」（顧愷之）、「以氣
韻求其畫，則形似在其間矣」（唐代張彥遠
《歷代名畫集》），講究精神氣質，即神韻。清
代詩論家王士禎承襲老莊思想，論詩的神韻
說，即主張詩應該蘊藉、含蓄，主張藝術應該
沖淡、清運、超詣，發展了嚴羽、司空圖的詩
學理論。

　　《老子》「大象無形」的命題，經過《莊
子》「天樂」、「心齋」、「得意忘言」的承
襲和後世文藝家的發揮，成爲我國古代詩學中
含蓄、形神、虛實等理論範疇的濫觴。

2.「虛實」與「妙悟」

　　老子認爲天地萬物都是「有」和「無」、
「虛」和「實」的統一。有了這種統一，天地
萬物才能流動、運化，才能生生不息。無有就
是虛的意識，虛與實，相輔相成，實爲體，虛

為用。「虛實結合」 是中國古代詩學的一個重要原則，它的重要特點是藝術形象必須虛實結合，古樸自然才能真實地反映有生命的世界。這種思想對我國詩學發展影響很大。魏晉時期的詩論家提出 「氣韻生動」 的命題，此氣乃物象之外的虛空，沒有這個虛空，作品也就失去了生命。唐代詩論家在「象」的範疇之外提出了「境」的範疇，這個 「境」，不僅包括了 「象」，而且包括象外的空虛。這種虛實妙悟還表現在「氣象」、「興趣」、「本色」、「入神」 等方面，在中國古代詩、畫的意象結構中，虛空、空白在意境中占有重要地位。

　　莊子以現實和夢境的虛幻論虛實：「莊周夢為蝴蝶，栩栩然蝴蝶也，自喻適志與，不知周也。俄然覺，則蘧蘧然周也。不知周之夢為蝴蝶與？蝴蝶之夢為周也？」（〈齊物論〉）現實與夢境是分不清的。他把忘掉現實的一切──忘形骸，忘生死、忘是非、忘己──稱為是一種最高的境界，所謂 「心齋」 和 「坐忘」。心齋就是排除一切欲念，使心靈純淨。

坐忘就是要不以物累，不受形役，做到精神絕對自由，忘掉自身的存在，與萬物融為一體。也就是說要「齊以靜心」，有一個空明的心境，這完全是一種精神活動了。在這裡可以解釋為以審美的心胸發現、觀照審美的自然。並在自己的胸中創造出審美意象。正如宗白華所說：「……以虛帶實，以實帶虛，虛中有實，實中有虛，虛實結合，這是中國美學思想中的一個重要原則。」[1]

　　老子強調「無物之象」（14章），「常道無為」（37章），「常使民無知無欲」（3章），「大象無形」（40章），即排除一切物象障礙，尋求靜觀的審美審視。他要通過虛廓的心靈，超越萬象的時空，使物和人的生命灌注充滿生機的永恆意義。老子的「虛靜」、「無形」、「大象」，正是他追求的生生不息的生命本體和詩學神韻。莊子最先提出形神問題，「抱神以靜，形將自正」，「神將守神，形乃長生」，這就是「醞釀胸中」，就是「悟入」，達到心領神會、「妙悟」的境地，見出形神的

神韻。這種詩學神韻直接影響了後世的詩論，司空圖的《二十四詩品》、嚴羽的《滄浪詩話》中「妙悟」「興趣」理論，就是以「象外之象」、「韻外之韻」，無工可言、無法可言的命題，達到色相俱全、高妙入神的理想境界。

3.「虛無」與「沖淡」

老子認爲：「道生一，一生二，二生三，三生萬物」（42章）；「天下萬物生於有，有生於無」（40章）「有之以爲利，無之以爲用」（11章），說明萬物歸根到底產生無，所以道的本質也就是無──無名、無形、無限。莊子也繼承了這種觀點：「有有也者，有未始有無也者，有未始夫未始有無也者，俄而有無矣，而無知有無之果孰有孰無也。」（〈齊物論〉）這就不僅是「有生於無」的問題，而是「無有一無有」，所以莊子強調「虛」「無」。莊子作品中充滿了虛構、幻想的故事，是他虛無主義、神秘主義的「道」的具體表現。如「河伯海若」（〈秋水〉）、「雲將東遊」（〈在宥〉）一類的寓言，以及「堯之

師曰許由」（〈天地〉）「南郭子綦隱几而臥」
（〈齊物論〉）其「謬悠之說，荒唐之言，無端
崖之辭」，可謂奇瑰美麗的小說。還有一些描
寫理想的神人神境的作品，如「藐姑射之山」
（〈逍遙遊〉）、「鄭有神巫曰季咸」（〈應帝王〉）
等，又影響了漢以後的很多作者，出現大量描
繪仙人仙境的作品。袁枚引嚴友多語云：「凡
詩文妙處，全在於空。比如一室內，人之所遊
焉者，皆空處也。」（《隨園詩話》）有空白，
想像可不受限制，無形可讓想像自由馳騁，空
白和想像表明了「無」的重要性。司空圖的
「超以外象」、「不著一字，盡得風流」，也
是通過具體有形的實象，表現出虛無的意象。

　　老子用「恍惚」來形容「道」，「恍惚」
就是若有若無。莊子發揮了這一思想，寓言
曰：「黃帝遊乎赤水之北，……乃使象罔，象
罔得之。」黃帝曰：「異哉！象罔乃可以得之
乎！」（〈天地〉）寓言的意思是，用「理智」、
「思慮」是得不到「道」的，用「視覺」、「言
辯」也是得不到「道」的，而用「象罔」卻

可以得到。「象罔」象徵有形和無形、虛和實
的結合。宗白華解釋說：「非無非有，不敫不
味，這正是藝術形相的象徵作用。『象』是境
相，『罔』是虛幻，藝術家創造虛幻的境相以
象徵宇宙人生的真際。真理閃耀在藝術形相
裡，玄珠的樂於象罔裡。」[2]

　　老子的「道法自然」和「無名之樸」（37
章），是以「樸」喻「道」。老子還常以「素」、
「淳」、「實」喻「道」，都是「順物自然」的
樸素、淡然的表現。莊子力主自然，謂「素樸
而天下莫能與之爭美」（〈天道〉），素樸之美
即未經雕琢飾染的自然之美。謂「淡然無極，
而眾美從之。」（〈刻意〉）沖淡不是淡而無
味，而是用樸素的語言來表達深厚的思想感
情，給人韻味無窮的藝術效果。老子曰：
「味無味」（63章），「道之出口，淡乎其無
味」（35章），追求的是不能言傳，即字義
以外的意義，一種蘊涵於詞義之中而又超越詞
義之外，由讀者自己領悟的東西。郭象解釋
曰：「求之於言意之表，而入乎無言無意之

域，而後至焉。」[3]張戒謂：「大抵句中若無意味，譬之山無煙雲，春無草樹，豈無可觀。」（《歲寒堂詩話》）皎然《詩式》概括四大類：德、體、風、味，其中「味」就是指詩歌的意境。沖淡的本質在於天然、和諧，莊子以「天籟」為美，也在自然。司空圖所謂「飲之太和，獨鶴于飛」，它構成一種和平、幽閒、寧靜的藝術境界。

註　釋

[１] 參閱宗白華《美學散步》，上海人民出版社，1981 年版，第 41 、34 、33 頁。

[２] 參閱宗白華《美學散步》，上海人民出版社，1981 年版，第 68 頁。

[3] 郭象，《莊子注》，參見郭慶藩撰《莊子集釋》，北京，中華書局，1985 年 8 月，第 3 冊，593 頁。

第二章
太極詩學與審美妙趣

　　太極詩學蘊蓄豐裕，妙趣橫生，寓真之誕，寓實於玄，形成了緊密的意象蟬聯和玄妙的有機整體。它包孕了文學中有關「想像」、「境界」、「感性」、「擬人」、「形象」、「語言」等多方面的問題。正是因為如此，歷代的研究者都以各自的思維定勢，從不同的領域探討其思想價值和審美價值。

第一節　審美原則與自然冲淡

　　若把中國古代詩學放入傳統文化的大背景

下作一鳥瞰，將有利於整合古代零散的詩論雜
著，把握詩學之大致輪廓。從審美原則上來考
察太極詩學對古代詩學體系形成的影響，是很
有意義的。本節將從「真淳」、「質樸」、「虛
靜」、「神韻」、「貴柔」、「拙大」等幾方
面進行探討之。

1.「真淳」與「質樸」

　　太極詩學對自然之大美、人格之純美的推
崇和讚美，是中國古代詩學中關於自然美、本
色美的源頭，具有中國古代藝術文化的本質性
質。

　　老子提出「道法自然」（25章）、「道常
無爲而無不爲」（37章），說明老子是崇尙無
意志、無目的的。他的：「道之尊，德之貴，
夫莫之命而自然」（51章）；「塞其兌，閉其
門，挫其銳，解其紛，和其光，同其塵，是謂
玄同。」（56章）等一系列命題，都是強調一
種自然應化，沖虛渾茫的意境。莊子承襲和發
展了老子的崇尙自然的思想，認爲自然界有自
己的運行規律。他說：「天地有大美而不言，

四時有明法而不議，萬物有成理而不說。聖人
者，原天地之美而達萬物之理，是故至人無
爲，大聖不作，觀於天地之謂也。」（〈知北
遊〉）天地、四時、萬物都被作者人格化了。
自然界是按照一定的規律和諧而生生不息，在
客觀上是大美，而自然而然所造成的美才是真
美。可見，老莊都認爲人類的語言文辭亦與自
然規律相符，所謂「古之所謂曲則全，豈虛
言？誠全而歸之，希言自然。」（22章），
「飄風不終期，暴雨不終日。……同於道者，
道亦樂得之；同於德者，德亦樂得之。」（22
章）；「大澤焚而不能熱，河漢沍而不能寒，
疾雷破山，風振海而不能驚。若然者，乘雲
氣，騎日月，而遊乎四海之外，死生無變於
己，而況利害之端乎？」（〈逍遙遊〉），皆以
自然界之風雨作息喻示人類行爲屬辭，抒發出
嚮往大自然的審美感受。「天得一以清，地得
一以寧，神得一以靈」（39章）之「一」，是
契合於自然大化的「冲虛不盈之德」，而
「清」、「寧」、「靈」諸意象是由自然混成

的觀念引申出來的「真淳」和「質樸」的審美趣味。太極詩學的這種以虛靜之心、清寧之懷對待自然靈妙的理論，開啓了中國古代詩學中一條極普遍、極重要的審美原則——自然沖淡。

　　《老子》關於「淡乎其無味」以及「道」之無聲、無形、無味、無限，在《莊子》「夫恬靜寂寞虛無無爲，此天地之本而道德之質也」，「淡然無極而眾美從之」（〈刻意〉）審美觀念中得到了進一步的印證。以老莊爲代表的以自然美爲宗旨的太極詩學，成爲中國古代詩論的審美主體。特別是在漢以後「恬淡清溢」的詩風，將自然本體落實於人生，即爲自然化的人格本體，內含「真淳」、「質樸」等審美情緒的本色美。鍾嶸《詩品》肯定「芙蓉出水」的詩歌自然美價值，李白唱出「清水出芙蓉，天然去雕飾」。皎然《詩式》倡高古遠逸之自然意境，司空圖《二十四詩品》「妙造自然，伊誰與裁」（〈精神〉）之心態、境界，確立了以自然沖淡爲美的詩文化本體論。儘管

中國古代詩學關於自然沖淡這一審美範疇的產生，來自多種藝術思想、文化思潮，但以老莊為代表的太極詩學卻是它產生、演變、發展的源頭。黃庭堅的「妙在和光同塵，事須鉤深入神」（〈贈高子勉〉），提出詩歌創作準則；或謂「自然妙者為上」（謝臻《四溟詩話》）；或謂「詩貴自然」（徐增《而庵詩話》）；或謂「聲平得意處，卻自自然來」（趙翼〈佳句〉）等有關詩歌的審美要求、其詞語、意境均淵成老莊，明顯是老莊重沖虛玄同之自然大美的藝術傳響。

老莊的自然觀是人生的體驗，反映人生的要求。他的「見素抱樸，少思寡欲」（19章），「常德乃足，復歸於樸」（28章），「無名之外，亦將不欲」（37章），從深層內涵來看，都是藉自然沖淡描述道給人的感受，這種感受不是一般的快感，而是一種深層的、高超的、整體的藝術美，是一種真誠、素樸、淡遠的本色美。它體現了中國歷代詩論家們所追求的、具有人格意義的、詩歌藝術的精神美。

2.「虛靜」與「神韻」

　　老莊的「有無相生」和「虛實結合」所產生的虛實之美，以虛靜心態、直覺方式對道的省察達到神妙之境，是古代詩學關於審美結構與審美意境的雛形。太極詩學決定了古代詩論的整體形態，是古代詩論由結構的勻美而發展為神妙意境的理論根據。

　　老子說：「致虛極，守靜篤；萬物並作，吾以觀其復。……復命曰常，知常曰明。」（16章）這裡突出的「虛」「靜」二字，體現老子人生觀中最切實而又玄遠的意象。「致虛極，守靜篤」，觀照者內心要保持虛靜，「復」，即回到根本；「觀復」就是觀照萬物的根源、本原。

　　老子主張：「虛其心」（3章），是直指自心，以取「虛而不屈」（5章）之人生功用和旨向。老子說：「吾所以有大患者，以吾有身，及吾無身，吾有何患。」（13章）老子提倡之「虛」，是以「滌除玄鑑」的直觀方法，以達「無我」之境，即與萬物玄同一體的精神

狀態。「得道之人，捐情去欲，五內清靜，至於虛極。」（《河上公‧致虛極》）深解老子清靜無爲之意。「致虛未極，則有未亡也；守靜不篤，則動未亡也。……」（《蘇轍‧道德真經注》）此文闡釋經文，融會貫通，足資啓迪。老子詩學中超越俗情之人生，正以「虛靜」爲根本。他指出「靜爲躁君」（26章），「不欲以靜」（37章），「靜勝熱，能清能靜，爲天下正」（45章），「我好靜，而民自正」（57章）等思想，都從「歸根曰靜」（16章）衍出，而談「靜」之「根」，又是「牝常以靜勝牡」（61章）得自然原則。從老子「虛靜」人生觀包孕的詩學思想分析，有兩方面審美內涵：一是，混論爲一，老子之「一」，有永不枯竭的生命意識，顯示宇宙與人生在和諧中變化的自然狀態和自由象徵。如「載營魄抱一」（10章），「混而爲一」（14章）「聖人抱一爲天下式」（20章），都以「一」爲基調。主要合於「道」的混茫神秘狀態。「道生一，一生二」（42章）「天得一以清，地得一以寧，神

得一以靈」（39章），包含了人生的遊歷和生
命的脈動。依存，老子的「虛靜」也就通過
「一」表象出雙重意蘊。二是，虛廓心靈，冥
會自然，求審美關照的永恆性。老子強調「無
物」：「無物之象」（14章），「無常無為」（37
章），「常使民無知無欲」（3章），「大象無
形」（40章），「味無味」（63章），排除一切
物象之障隘，獲取靜觀的審美審視。在「虛
靜」的心態中虛空靈活、悠遠深邃的「無形」
「大象」，正是老子心目中追求的生生不息的
生命本體和詩美神韻。

　　老莊關於「有」、「無」關係的探討，引
發出虛實相生的課題，是中國古代詩學中思想
結構之虛實美的理論源頭。老子曰：「恬淡開
合，共猶橐籥。虛而不屈，動而欲出」（5
章），是以虛心待物寄微妙渾淪之思，他所強
調的是「無」即「虛」。莊子也十分強調虛靜
無為，他闡述說：「聖人之靜也，非曰靜也
善，故靜也。萬物無足以饒心者，故靜也。水
靜則明獨鬚眉。……夫須靜恬淡寂寞無為者，

天地之平而道德之至，故帝王聖人休矣。」
（《莊子・天道》）莊子推崇虛靜是因爲它復合
天地之道，遵從天地之道，無天怨、無人非、
無物累，也就不會擾亂心神，也就會自然而然
地達到虛靜。老莊的太極詩學對有無、虛實問
題的精妙論述，直啓後世詩論家的虛實之美理
論。如，屠隆論詩歌虛實互美：「詩有虛有
實。……有虛有實，有實有虛，並行錯出，何
可端倪」（〈與友人論詩文〉）。論詩歌的以虛
體實的結構：「粗言細言，總歸玄虛；恍惚變
怪，無非實情」（袁宏道〈答梅客生開府〉）。
論詩境的空靈恬曠：「虛實相生……，幽渺以
爲理，想像以爲事，恍惚以爲情」（葉燮《原
詩》）等等諸如此類，雖各有重點，卻表現了
中國古代詩學共同的、以虛實對襯爲美的藝術
思想結構。它體現了太極詩學探討藝術的模糊
性和悟道豁情的理論特徵，又與古代詩學理論
之含蓄美、形神理論相通。老子「保此道者，
不欲盈」（15章）的「顯德」觀；「江海所以
能爲百谷王，以其善之」（66章）的「處下」

精神，以及「直而不肆，光而不耀」的人物形象，構成了「大盈若沖」的含蓄審美觀，它直接影響了後世的「隱秀」、「含蓄」等風格的詩學範疇。老子的「孔德之容，唯道是從」，體現了以形傳神的技巧。莊子的「抱神以靜，形將自正」，「神將守形，形乃長生」（〈在宥篇〉）也體現了形神關係，後經陸機、劉勰、顧愷之等宏揚，形成了「以少總多」、「以形傳神」、「情貌無遺」與「神傳韻生」的審美心理結構。其本質就是以虛爲本、以神爲境的中國傳統詩學理論。

　　老子說：「滌出玄鑑，能無庇乎？」（10章）「滌除」即清洗瑕垢，就是洗去人們的各種主觀欲念、成見和迷信；「玄鑑」，玄妙的明鏡，使頭腦像鏡子一樣純潔清明。「鑑」是觀照，「玄」是「道」，「玄鑑」就是對於道的觀照。「水靜猶明，而況精神。聖人之心靜乎！，天地之鑑也，萬物之鏡也。」（《莊子‧天道篇》）此以水之爲靜，明燭鬚眉，喻心之能靜，則可鑑天地之精微，鏡萬物之玄賾。

老子之學主靜，所謂：「我好靜而民自正」
（57章）。如能「專氣致柔」，則心常靜而如
玄鑑，通照光明。然猶恐外界塵垢之浸襲，故
須時時滌除，杜絕瑕垢之萌擾。

　　「滌除玄鑑」對中國古代詩學有很大的影
響，它包含了兩層含義：一是，作為「道」的
最高目的。「常『無』，欲以觀其妙；常『有』
欲以觀其微」（1章），即不帶任何主觀上的
成見去觀察事物發生的一切奧妙變化，以便掌
握真實情況、客觀真理；另一方面要有目的、
有意識的觀察事物的變化，使事物沿著一定的
目標變化，從而探求它的規律。就是一切觀照
都是對萬物的本體和根源的觀照，即對於
「道」的關照。這就是認識的最高目的。這就
叫「玄鑑」。「滌除玄鑑」主要的含義即在此。
二是，要求人們排除主觀欲念和個人成見，保
持內心的虛靜。即是對人的內心的觀照，觀妙
之方，唯在「心融神化」。就藝術精神而言，
這種直覺審美的方式，可以說是古代詩學神妙
之美的發軔。「微妙玄通，深不可識」的妙

想，「致虛極，守靜篤」的心態和「大象無形」的形象，是古典藝術中「澄懷味象」、「氣韻生動」、「虛靜寂寞」詩學理論的先聲。莊子的「心齋」、「坐忘」，是人生的一種自由的境界。「心齋」就是空虛的心境，所謂「唯道集虛」、「瞻彼闋者，虛室生白，吉祥止止」（〈人間世〉），就是「朝徹」、「見獨」，也就是說，只有空虛的心境實現對「道」的關照，達到「無己」、「無功」、「無名」，或「外天下」、「外物」、「外生」的境地。古典藝術的神妙意境，正是來自老莊這種藝術思想的超逸意境。一，「意在言外」的審美要求，可見司空圖的 「象外之象，景外之景」（〈與極浦書〉）、「韻外之致」（〈與李生論詩書〉）。還可見朱承爵的「作詩之妙，全在意境融徹，出音聲之外，乃得真味」（《存餘堂詩話》）等。由此產生了中國詩學中體現宇宙本體和生命意識的意境論。二，「虛靜」的審美心態和淡遠寥廓之思，可見皎然「非謂淼淼春水，杳杳清山，乃謂意中之遠」（《詩

式》)。還可見司空圖「素處以默，妙極其微」
(《二十四詩品》)的精微極物之情。這些審美
心態，都可以追溯到老莊太極詩學的心靈馳騖
的感發。三，「妙悟」的審美方式，可見嚴羽
的「詩有別才，非關學也；詩有別趣，非關理
也」，妙在「如空中之音，相中之色，水中之
月，鏡中之象」(《滄浪詩話》)，還可見姜夔
論詩「四種高妙」之「非奇非怪，剝落文采，
知其妙而不知其所以妙，曰自然高妙」(《白
石道人說詩》)。藝術要達到「高妙」境界，
這種觀念也來自老莊玄鑑方法和歸真返樸的自
然觀。四，「神韻」的審美效果，可見司空圖
的「韻外之致」、嚴羽的「妙悟」、王士楨的
「神韻」。王夫之云：「虛實在神韻，不以興
比有無為別」(《唐詩評選》)均奉老莊清遠為
尚、悠然而語的玄心妙趣為圭臬。

3.「貴柔」與「拙大」

　　太極詩學對中國古典詩論的鑑賞趣味，表
現出兩種不協調的心理情態：一曰貴柔精神，
二曰拙大之美，兩者的融和，即成為審美鑑賞

理論的發端。

　　老子多次詠嘆「天下之至柔，馳騁天下之至堅」（43章），「人之生也柔弱，其死也堅強。草木之生也柔脆，其死而枯黃。故堅強者死之徒，柔弱者生之徒」（76章），「天下莫柔弱於水，而攻堅強，莫之能先。」（78章）老子通過「貴柔守雌」、「柔弱勝剛強」的道路，達到「曲則全，枉則直，窪則盈，敝則新」（22章）的目的。「守柔日強」，「知其雄，守其雌，為天下溪」（28章），說明陰陽對立統一是我國最早的文化形態之一。老子對陰柔之美的偏好，開闢了中國古典詩學的蕭遠清謐、綺麗潔雅、明淨透逸的審美趣味和批評鑑賞風格。如，秦觀的「有情芍藥含春淚，無力薔薇臥晚枝」（〈春雨詩〉），表現了纏綿細膩之情感。徐師曾的婉轉意蘊，「婉約者欲其辭情醞藉」（《文體明辯序‧詩餘》，姚鼐的「其得於陰與柔之美者，則其文如升初日，如清風，如雲，如霞，如煙，如幽林曲澗，如淪，如漾，如珠玉之輝，如鴻鵠之鳴而入寥廓。」

（〈復魯非書〉）等，對詩文柔婉內質的精思，都來自於老子，是老子「萬物負陰而抱陽，沖氣以為和」審美理想的具體化和鑑賞化。

老子「大巧若拙，大辯若訥」（45章）的審美趣味是與「大象無形，大音希聲」的審美境界相和諧、相統一的。說明老子雖貴陰柔，卻不一味荏苒、退卻，而是於陰柔中蘊蓄著雄渾偉大之境。老子所謂「拙」，是對凡俗技藝、浮艷工巧的蔑視，但他並不摒棄巧美，而強調妙合天成的「大巧」與人格的「真美」。他的「大」也不是空洞的無物虛渺，而是探討「萬物之奧」的一種審美飛躍，一種更高層次的恬淡沖虛、渾淪自然的境界。王若虛的「巧拙相濟」「就拙味巧」（《滹南詩話》卷一），謝榛的「拙則渾然天成」（《四溟詩話》）等，都是延承老子「大巧若拙」的詩美端緒。

「大音希聲」（41章）是最大最完美的聲音，所以老子說：「聽之不聞名曰希」。就是說並不是沒有聲音，而是聽不見，為什麼聽不見？是由於老子的「道」而來。老子說：「有

物混成，先天地生……」（25章）是說「道」是先天地而生的，是萬物之母，就像柏拉圖所說的「理念」，是形而上的、客觀的。但「天地萬物生於有，有生於無。」（40章）最美的音樂是作為「道」的音樂，是音樂本身。我們聽到的音樂只是音樂的現象，趕不上音樂本身，總是有缺欠。濟慈說：「聽到的聲音是美的，聽不到的聲音更美。」（《希臘古瓶歌》）與老子的「大音希聲」差不多。

老子說：「人之生生，動皆之死地，亦十有三。夫何故？以其生生之厚。」（50章）社會動亂、人民困苦，是統治階級巧取豪奪、欲望不滿足所造成的。老子提出掃除私欲，反歸自然和「大音希聲」的觀點，是對統治階級的批評，並非取消文藝本身；是針對奴隸主貴族的耽溺聲色，荒淫腐化的生活的否定。另一方面，「大音希聲」也是強調藝術之外的某種規律。比如說音樂，這句話的意思是「音樂的美存在於它自身」。它不是不要音樂，而是強調音樂之外的某種規律性。

對「大音希聲」。孔子解釋說：「無聲之
樂，無休之禮，無服之喪，此之謂三元。」
(《禮記‧孔子閒居》)文明的音樂只是它自
身，具體的樂曲表現力總是有限的。音樂的美
與不美，要看它所能和可能達到的效果。正如
黑格爾說過的那句話：凡是現實的都是合理
的，也可以說，凡是合理的都是現實的。

老子強調「道」和「自然」，核心是「無
不爲」而不是「無爲」。天地萬物，人類社會
以及文化藝術等，都是從「道」當中產生出來
的。「道生一，一生二，二生三，三生萬
物。」(42章)當「道」處於「無」時，「道」
顯示的是至善至美；當「道」進入「有」時，
「道」成爲「物」的一種顯現，就是「道之
華」，再不像「道」本身那樣完美無缺。就音
樂來說，就成了「大音希聲」。

老子說：「大音希聲，大象無形」，「大
巧若拙」，「大智若愚」，這裡的希與稀同。
老子在這裡提到的希聲中的希、無聲中的無，
都是若無，若希，大象無形，可以說無形就是

大象，無聲就是大音。在孔子向老子問禮時老子對孔子說的幾句話，其中有：「良賈深藏若虛，君子盛德容貌若愚。」（《史記・老子韓非列傳》）後人簡化爲「大智若愚」，它符合生活邏輯，爲人們所理解，並移植到藝術創造和審美觀念中。這種思想使藝術家們從單純追求可感的聲色形象，轉向表象之外的象外之象、音外之音。如白居易的〈琵琶行〉中有：「水泉冷澀弦凝絕，凝絕不通聲暫歇。別有幽情暗恨生，此時無聲勝有聲。」琴弦靜止了，沒有聲音了，可人們沉浸在琵琶那有形之聲的弦外之音中。而這弦外之音是有形之聲難以直述或不必直述的。可見，無聲比有聲更加深沉感人、給人美感享受。不滿足於視覺上的悅目、聽覺上的悅耳，在音、色有無之間的複雜變化中品嘗無窮韻味，成爲詩學中探索和追求的目標。

　　「此時無聲勝有聲」也可以說是對「大音希聲」的一個不完全的解釋。白居易的這句話是說，音樂演奏時，有時雖「無聲」了，但

它仍有表象力，這種優美、動聽的表現力甚至超過了「有聲」。「大音希聲」不僅如此，它本身就是指音樂美，是音樂的「道」，是「聽之不聞」的。我們能夠聽到的聲音，只是演奏發出的聲音，無論怎樣優美，與音樂的「道」比起來，都是遜色的、不完美的。

老子除以上提到的「四大」，還講道「大方無隅」。就「道」而言，所謂「大方」也，「大象」也，「大音」也；就「物」而言，所謂「隅」，「形」也，「聲」也。老子把形而上的「道」看得比形而下的「物」更重要、更根本。這就促使我們去探討音樂的「道」，去探討音樂顯現之外的音樂本身的普遍規律。這是音樂美學思想的一大進步。

第二節　太極詩學與天人之和

中國的詩學理論是關於天人的藝術。因為老莊的精神是「道法自然」，自然是藝術的自

然，人生是藝術的人生。古人論詩的精髓，著重天人關係、天人之美。因此，從審美的角度看，後世論詩多受老莊這種天人之學的影響。老莊所提出來的「有無相生」、「率性而往」、「滌除玄鑑」、「心齋坐忘」，以及「虛靜」、「無欲」、「共感」、「物化」等心靈境界和審美情感，都是一致的。

1.「天人之學」與「天人之和」

中國的學問是天人之學。老莊思想的主脈是「天人合一」，也即是自我觀照自然，自然觀照自我的一種自然意識。自我，是人生的自運和生命的靈魂。莊子謂：「其應於化而解於物也，其理不竭，其來不蛻，芒乎昧乎，未之盡者。」（〈天下〉）恍惚芒昧的「道」是沒有窮盡的，「天人和一」的道理是適應變化而沒有束縛的。要遵循「道法自然」，作為人生的指導原則；要「順應自然」，以「無為而無不為」，處理好自己和周圍萬物的關係。周甄鸞云：「佛者以因緣為宗，道者以自然為義。自然者，無為而成；因緣者，積行乃正。老子

五千文，辭義俱偉，諒可貴矣。」（《廣弘明集》卷九）此從人生哲學的角度作出闡釋，描繪了老子思想推崇自然神韻的意境。

老子說：「有無相生……前後相隨」（2章）認識到事物是相反相成的、可以相互轉化的。莊子也認為：「無動而不變，無時而不移」（〈秋水〉）一切都在變化之中。老莊都承認矛盾的普遍性，又認識到矛盾轉化的辨證性。認為人為萬物之靈，「上下與天同流」（《孟子・盡心上》）、「萬物與我同一」（《莊子・齊物論》），這是一種天人感應的觀念。老莊詩學，就主觀而言，是「胸襟」，就客觀而言是「境界」，主觀與客觀交融，即是人與自然的合一。

主觀如何把握客觀的內涵？主觀對於外在之象的投射，表明主觀具有超越時空的特性。韓非子說：「人希見生象也，而得死象之骨，按其圖以想其生也。故諸人所以意想者，皆謂之象也。」（《韓非子・解老篇》）這裡的「象」，是活生生的動態的客觀物象，「意想

者」是主觀超越時空的意象表達者；由「生象」到「死象」，超越時空性和生死性的局限，達到對客體的把握，這是主觀進入客觀、內心投射外向的過程。例如「天」與「道」「自然」（25章）的組合，以示客觀外物的發展規律；「道」與「樸」「江海」（32章）的組合，以示主觀內心質樸的思想；「德」與「道」德（51章）的組合，以示「天」「人」之融通，而由「道」派生出的「自然無為」、「虛靜」「柔弱」等思想，又是天人同構與以人生體悟宇宙外物的產物。這說明，主觀與客觀、主體與客體的互為投射、互相影響的過程，在《老子》的著作中，明顯的表現出一種原始意思的轉化。

老莊藝術精神的天人合一的「物化」思想，是太極詩學的學術主幹之一，推動了一代代學術思潮的興起。特別是漢末，魏晉時期，玄言詩、山水詩、田園詩作為一時代藝術整體的崛起，老莊詩學首呈璀璨光輝。阮籍明「被褐懷玉」、「養志沖虛」之志；嵇康「被

發行歌」「行遊八級」的氣概，內含「絕智棄
學，遊心於玄默」（〈代秋胡歌詩〉）的自然人
生感受，都是承傳於「老聃之清淨微妙，寧玄
抱一」（〈卜疑〉）的心靈淵旨。韋應物「歸當
守沖漠，跡寓心自忘」（〈登樂遊廟作〉）從內
心子守表現其人格。柳宗元「心凝神釋，與萬
物冥合」，更重心上工夫，以求物化之境，人
和自然合而爲一。到了司空圖、皎然等關於
「沖淡」、「超詣」、「飄逸」等審美風格的
提出，都充分發揮了老莊「大象無形」「大音
希聲」和莊子「既雕既琢，服歸於樸」（〈山
水〉）的審美理想，達到一種藝術妙境合詩學
神髓。李白詩曰：「天然去雕飾」，說的是老
莊的「玄之又玄」；「獵微窮至精」迎合了老
子的「恍惚之道」。足見，老莊詩學對中國古
代詩論隱微精妙，豁然顯通的影響，這種人和
自然物化離而爲二的的思想，形成藝術表現自
然的理論。如古希臘哲人說：「人爲萬物尺
度」，人以尺來度量自然，形成主觀和客觀的
交融。

2.「玄之又玄」與「恍惚之道」

老子說:「道可道,非常道」(1章),莊子也說「道不可聞,聞而非也;道不可見,見而非也;道不可言,言而非也。」(《莊子‧天道》)一方面承認客觀必然性的存在,另一方面又否定認識必然規律的可能。這種觀點和神秘性對古代詩學影響很大。因為文藝創作是一種複雜的精神勞動,在藝術構思過程中的文心開塞往往是異常奇妙的,其精髓是不可以言傳的。「視之不見,名曰夷;聽之不聞,名曰希;搏之不得,名曰微。……是謂無狀之狀,無象之象,是謂恍惚。」(14章) 那是超形象的道的形象,其夷、希、微乃玄妙莫測、幽深精妙之境。那是有狀的,只是無狀之狀;那是有象的,只是無物之象,恍惚恍惚,似有似無。表現出作為「萬全之象」的「道」的精神,是一種「道隱無名」「大象無形」的「象思維」。這種思維方式,帶有不確定性和混沌模糊的性質,也可以說是原始意識的表現。

人本就處於「太極」或「道」中，而「道」的精神，表現為「象的流動與轉化」。處於永恆運動的象，不僅多采紛呈，而且高潮迭起。道的恍惚帶有原始思維的性質，如《周易》占筮，都屬於實象或外在之象。從實象到卦象，不能不包括意想性精神活動，在筮人的頭腦中，已經發生了從實象向卦象的轉化。這種轉化的前提是「天人合一」。就是說，所占之事是人在天地之間將要做的事，之所以能占出吉凶，就是因為人與天地萬物一體相通，古人的這種原始思維還帶有明顯的迷信色彩。老子說：「道常無名，樸。」（32章）所說的「樸」，即指本原或本真。意思是，只有「知」本原或本真之道，與「道」和「象」一體相通，才能穿雲破霧，終於把握「道」。「象思維」是從原始思維發展出來的，是人類思維「飛翔」不可缺少的。對「象思維」的理解，亦即對「道」的分析。

老子對自然（客觀外界）和人生（主觀內心）的哲學思考，是通過投射來概括自然奧妙

和人生精神的。老子的「道」可歸於「惚兮恍
兮，其中有象，恍兮惚兮，其中有物」（21
章）的宇宙生成論，而「道法自然」、「先天
地生」，表現爲一種客觀形態。老子用「恍
惚」來形容「道」，「恍惚」就「玄之又玄」，
然而，老子的「道」具有複雜的內涵，具有多
種意義，跳躍在宇宙狀態和人生思理之間，即
從主觀到客觀的投射，而成爲外在世界的內
容。從《老子》中「道」[1]之解說的發展脈絡
看自「道可道，非常道」，「玄之又玄，眾妙
之門」（1章）；到「道冲，而用之或不盈。
淵兮似萬物之宗」（4章）；「有物混成，先
天地生。……吾不知其名，字之曰道」（25
章）；到「道生一，一生二，二生三，三生萬
物」（42章）；「天下有道」（46章），「道生
之，德蓄之」（51章），以及「天之道，利而
不害。聖人之道，爲而不爭」（81章），明顯
地經歷了，由模糊到清晰、由客觀到主觀、由
天道到人事的演化過程。而這個演化，正是主
觀與客觀同一的需求、主體向客體外射的精神

內容。莊子繼承和發揚了這一思想，在〈天地〉寓言中有「玄珠」和「象罔」的命題，這既是「道」、「真」，又是虛幻；既虛心靈妙，又義理刻摯。寓言用統物的哲理，隱喻人事，表現了「玄之又玄」的「恍惚之道」。

第三節　太極詩學與詩學語言

　　老莊思想影響後世的文學和藝術，也可以說老莊思想藉著語言這種形式得以流傳。文學和藝術是一種思想和觀念的載體，也可以說語言是思想和觀念的複製物。當然，語言作為思想或觀念的載體，可能會出現各種演化或互動。老莊的思想，是上古思想的一種綜合，藉著各時代的文字形式保存下來，我們只是對某種觀念的「理解」或「了解」。語言用做表述觀念，但觀念往往被語言所歪曲。言可以傳達意，但不能完全地傳達，要考慮到「言不盡意」。太極詩學接觸到一個言意關係的問題。

1.言有盡而意無窮

　　老子說：「大音希聲」（41章）說的是最完美的音樂，是聽不到的。從詩學的角度看，它表現了老子的文藝觀。我們聽到的只是音樂現象，再美，也不是音樂本身。音樂美有盡，音樂本身表現的「意」無窮。著名英國詩人濟慈（Keats）在《希臘花瓶歌》中說：「聽得見的聲調固然優美，聽不見的聲調尤其優美。」（Heard melodies are sweet, but those unheard are sweeter.）[2]這是說音樂上無言之美的滋味。文學本身是一種語言藝術，涉及到語言和表意的關係問題。意，即意識，是人所特有的反映客觀實在的最高的形式，而自然是最客觀的存在。老子思想中至高至崇的自然境界，是以自然的精神觀照自我（人生），又以自我的精神觀照自然的。自然是無意識的，而老子以詩的意境揭示了自然的奧妙。老子說「善行無軌跡」（27章）王弼注：「順自然而行」；「道常無爲而無不爲」王弼注：「順自然也。」足見老子的人生哲學，他把無意識的

自然現象作爲道的一個意象，將其人格化，即所謂「道法自然」。「大象無形」構思之本原，顯然是具有一種超越形象的自然性的體「道」意識。

　　莊子繼承和發展了老子的思想，接觸到言意的關係，他說：「可以言論者，物之粗也；可以意志者，物之精也；言之所不能論，意之所不能察致者，不期精粗焉。」（《莊子・秋水篇》）精粗是屬於有形的東西，而「道」是屬於形而上的。言和意有差別，言只能論物至粗，而意可以致物之精，因此，言是不可能盡意的。言比意更重要，「言者所以在意」，因此得意則可以忘言。道是既不可言論，也不可意致，只能得之於言意之表。「世之所貴道者書也，書不過語，語有貴也。語之所貴者，意也。意有所隨；意之所隨者（指道），不可以言傳也。」（《莊子・天道篇》）這是一種以文字爲工具之論，以進入無言無意之域。正如朱光潛所言：「無窮之意達之以有盡之言，所以有許多意，盡在不言中。文學之所以美，不僅

在有盡之言，而猶在無窮之意。」[3]黑格爾也
曾說：「語言實質上只表達普遍的東西，但人
們所想的卻是特殊的東西、個別的東西。因
此，不能用語言表達人們所想的東西。語言符
號只能反映事物的部分特徵，能指稱事物，但
有很大局限，常常『大殊其真』。」[4]可見，
言意的關係是詩學需要研究的。先秦之後，有
人提出「言不盡意論」或「得意忘言論」。陸
機提出「恆患意不稱物，文不逮意」（《陸機
‧文賦》），鍾嶸也提出「文已盡，而意有
餘，興也。」（〈詩品序〉）嚴羽又提出：「立
象以盡意」，歐陽修：「含不盡之意見於言
外」（《六一詩話》）可謂一脈相承，都是老莊
所論之範圍。這種關於言意的理論可說發端於
老莊。莊子曰：「意之所隨者，不可以言傳
也，而世因貴言傳書。世雖貴之，我猶不足貴
也，為其貴非其貴也。」（〈天道〉）

2.知言不言，言者不知

　　老子對形式美持否定態度。他看到當時各
國諸侯之間利用漂亮的言辭互相欺騙，互相爭

奪，以達到統馭對方、吞併對方的目的，所以
他說：「美言可以市尊，美行可以加人。」
（62章）那些帝王諸侯是在漂亮、雄辯的言辭
下掩蓋著陰謀詭計，所以老子說：「信言不
美，美言不信。善者不辯，辯者不善。」（81
章）對語言的看法，他認為應排除形式美，論
道：「知者不言，言者不知。」（56章）；「大
巧若拙，大辯若訥」；「是以大丈夫處其厚，
不居其薄；處其實，不居其華，故去彼取
此。」（38章）「言辯之美」，是老子自然之
道詩學觀念的體現，它派生出「詩言志」的思
想，然而，老子所言其「志」非一己之小
「志」，而是「道法自然」之大「志」，足見
老子對「言」、「辯」、「美」中，語言的重
視。莊子著作的語言，不是詞義相接、邏輯嚴
謹的論述性語言，每每出現「意接詞不接」的
詩的語言特徵。如：「……以瓦注者巧，以鉤
注者憚，以黃金注者殙。其巧一也，而有所
矜，則重外也。凡外重者內拙。」（《莊子・
達生》）此最後一句即其主張的「忘境」：忘

卻一切外界事物、一無所矜的精神境界。劉熙
載評論《莊子》說:「文之神妙,莫過能飛,
莊子言鵬曰『怒而飛』,今觀其文,無端而
來,無端而去,始得飛之機者。」(《藝概》
卷一〈文概〉)可見,莊子文章常常引喻設譬,
杜撰寓言,意接詞不接、知言不言的語言特
徵。

　　老莊的這種思想,對中國詩學的發展產生
巨大影響。韓非主張「君子取悅而不取貌」
(《韓非子‧解老》),漢代《淮南子》一書主
張「百玉不雕,美殊不文」(《淮南子‧說林
訓》),都受到老子這種思想的影響。老子的
「若拙」、「若缺」,成爲後代很多藝術家竭
力追求的一種審美趣味、審美風格。老子說的
「是以聖人……,光而不耀」(58章),聖人
光亮而不耀眼。王弼云:「以光鑑其所以迷,
不以光照其隱匿,所謂明道若昧也。」成爲
後代很多人追求的人格美的理想,也是藝術的
審美理想。清代詩學理論家吳仲倫說:「莊子
文章最靈脫,而最妙於宕。」(《古文緒論》)

詞義跌宕跳躍，可供想像和思索。「魚相忘乎
江湖，人相忘乎道術。」（《莊子‧大宗師》）
感性形象、自由精神，言有盡而意無窮。

註　　釋

[1]據任繼愈等著《中國哲學發展史》(先秦卷)統計，
　　《老子》中「道」字共出行4次，其中關於「道」
　　的重要表述達21種。

[2]《朱光潛美學文集》(第2集)，上海文藝出版社，
　　1982年9月，476頁，480頁。

[3]同註2。

[4]轉引自蔡鐘翔等著《中國文學理論史》(一)，北
　　京出版社，1987年6月，51頁。

第三章
太極詩學的思維方式

　　按照老子的「道可道，非常道；名可名，非常名。……玄之又玄，眾妙之門。」（1章）看，老子的哲學思想是「尚無」的，在詩學上甚至是以「無」為美的。這裡說的「無」，是天地本始，一切都是從這裡發生，藝術和美，也是如此。這個「無」，「視之不見，名曰夷；聽之不聞，名曰希；博之不得，名曰微。」（14章）可見美離不開「道」。莊子繼承老子之說：「道不可聞，聞而非也；道不可見，見而非也；道不可言，言而非也。」（〈知北遊〉），申述了「道」的不可知。太極詩學的思維方式正像老莊的哲學思想一樣，

「有生無，無生道，道之沖，沖是無。」（王弼《道德真經注》）。這種觀點對古代詩學影響很大，魏晉南北朝詩學蓬勃發展與老莊的思想不無關係。劉勰尋求文學創作之「道」（即規律）的宗旨，首列〈原道篇〉。古代詩學理論家們已經認識到：文學創作是一種複雜的精神勞動，在藝術創作過程中，文心的開塞變化是異常微妙的。儘管一些詩學理論家談了創作規律等問題，但其精髓還在於老莊的「不可以言傳」。老莊論「道」對古代詩學的影響，主要是引導人們去研究藝術規律。

第一節　思維方式

　　「道」的存在是絕對的，美也是如此的一種「無在之在」：「道」之美是「不美之美」，樸素之美也是不美之美；道之用是「無用之用」，美是一種自然而然的無用之用。從藝術創作的角度看太極詩學對中國詩學的形成和影

響是很有意義的。

1.太極詩學──無在之在

　　老子的思維方式，帶有原始的性質、否定
的性質，它揭示美的存在，用反顯法：「天下
皆知美之為美，斯惡已；皆知善之為善，斯不
善矣。」（2章）天下都知道美之所以為美，
醜的觀念也就產生了；都知道善之所以為善，
不善的觀念也就產生了。人們對自然和社會事
物，首先不是愛它的形體美，而是愛它的精神
美。莊子的「德充之美」，即精神的美。形體
和精神皆美的「神人」是美的；那些四體不
全、奇形怪狀、荒誕醜陋的人物，只要它們內
心世界裡道德充實，是可以化醜為美、化殘為
全的。老莊的思維方式正是在對立的關係中揭
示出美和醜、真和假；分清了醜和假，也就把
握了美和真。正如柏拉圖所說：「應該學會把
心靈的美看得比形體的美更可貴，如果遇見一
個美的心靈，縱使他在形體上不甚美觀，也應
該對他起愛慕。」（《柏拉圖文藝對話集》）老
莊之所以這樣思維，原因有二：(1)對於一個

複雜對象的規律的把握，要排除其他對象的干擾，必把自身遮擋起來，以使把握的對象不言而喻。老莊的這種思維方式，從邏輯上看，是「無在之在」，是摸不見，看不著的實在存在。(2) 老莊從規律的角度解釋美的問題，而這個問題涉及到美的本體性，是一切美的對象。「天得一以清，地得一以寧，神得一以靈，谷得一以盈，萬物得一以生，侯王得一以爲天下貞。」（39章）美也是一，得一之物即爲美物。莊子的「若天之自高，地之自厚，日月之自明，夫何修焉？」（〈田子方〉）自然無爲，不在之在，構成了太極詩學的核心。

　　老莊的這種對藝術美的思維主要是些怎樣的表現呢？(1) 對象的體性美。由於老子「尚無」，思維方式是用否定達到肯定的方法，所以，他認爲，具有柔、弱、靜等體性的事物，可立於不敗之地，因此也是美的。老子說：「希言自然。故飄風不終朝，驟雨不終日」、（23章）「物壯則老」（55章）都是這個意思。莊子也繼承了這種看法：「有先天地生者物

耶？物物者非物。物出不得先物也，猶其有物
也。猶其有物也，無已。」（〈知北遊〉）承認
物產生物，追索下去，無盡無休。因此，產生
物的只能是非物，產生有的只能是無。(2) 主
體的體性美。老子說：「一曰慈，二曰儉，三
曰不敢爲天下先。」（67章）老子的這種思維
方式是與眾不同的，「澹兮其若海」（15章），
他描繪體道之人的特點，表現人的最重要的品
性。莊子的「德充之美」，是內心的精神世界
之美。也是主體的體性美。(3) 藝術的特性。
老子說：「執大象，天下往」（35章），大象
爲道，是法象，無象之象。「淡乎其味，視之
不足見，聽之不足聞，用之不足既。」（35章）
「大音希聲，大象無形」是無爲之爲。可見，
老子的思維是「有」和「無」的統一，認爲美
的事物，對立面之間的相互依存和轉化是永恆
的。老子說：「禍兮，福之所倚；福兮禍之所
伏。孰知其極？其無正也。正復爲奇，善復爲
妖。」（58章）此段生動地說明了老子關於禍
福相互依存和轉化的思想，也爲詩學理論作出

了貢獻。

2.太極詩學──不美之美

　　老子說:「道常無名樸,雖小,天下莫能
臣」(32章),這是說「道」永遠是無名的質
樸,道之美是不美之美,樸素之美,也是不美
之美,美的本質在於自然而然。所以老子
「處其實,不居其華。」(38章)「恬淡為上」
(31章)老子認為:美是一種不美之美。莊子
發展了老莊的這一思想,認為作為宇宙本體的
「道」是最高的、絕對的美,而顯現界的「美」
和「醜」是相對的。「其美者自美,吾不知其
美也;其惡者自惡,吾不知其惡也。」(〈齊
物論〉)「美」和「醜」是可以相互轉化的。
老莊以他們的思維方式,從邏輯上論證了三
個理由:(1)美以道為根據,而道是模糊的,
甚至相反的,因此「明道若昧……大象無
形。」(41章)老子的美是與世俗之美相悖
的。莊子繼承並發揮了這一思想。「……乃使
象罔,象罔得之。黃帝曰;異哉!象罔乃可以
得之乎!」(〈天地〉)「罔」即虛幻,就是藝

術家創作的虛幻的境相。(2) 老子的美是自然
淳樸的，無法雕琢的本素的美。老子說：「不
欲淥淥如玉，珞珞如石」（39章）既不想做高
貴的美玉，也不做下賤的堅石。莊子讚美自
然、維護自然之美。「地籟則眾竅是己，人籟
則比竹是己」（〈齊物論〉）在天籟、地賴、人
籟中，天籟是沒有任何外力的刺激而自然發出
的聲音，所以是最高的。(3) 審美是主體和對
象的統一，要超越自身，達到物我互化，主客
相忘的真正的審美情致。亦即 「但見性情，
不睹文字」（《皎然·詩式》），忘乎美不見美
的境界。

　　老子說：「反者，道之動。弱者，道之
用。」（40章）他貴柔、尚弱，蘊涵著辨證否
定觀的深刻認識。他認為弱小的東西是柔弱
的，但它能在柔弱中壯大起來。他說：「人生
之也柔弱，其死也堅強……，強大處下，柔弱
處上。」（78章）美的事物有其對立面，即自
身的否定方面，亦即有醜的方面；美的事物，
都在運動變化，周流不息。「大曰逝，逝曰

遠，遠曰反。」（25章），運動方向是「反」，只有反，才能歸根復命。這種思維方法是通過對否定方面的肯定，實現對肯定的肯定，或者是由肯定「負」的方面從而保存「正」的方面。莊子繼承老子的這種思想，主張絕對無爲、絕對自由，幻想「逍遙」於「無何有之鄉」。他說：「故爲是舉莛與楹，厲與西施，恢恑憰怪，道通爲一。」（〈齊物論〉）「厲」是醜陋者，西施是美人，「各以所美爲神奇，所惡爲臭腐耳」。很明顯，莊子以爲：「彼之所美，我之所惡；我之所美，彼或惡之。」從而得出「美」與「惡」「齊一」，「美」與「惡」無差別的「美惡觀」。莊子的「無人之情」，反對情欲，反對美感享受，「五色」「五聲」（〈天地〉）的審美活動「皆生之害」。可見，莊子採取醜中見美的藝術手段，以表現人物精神美的描寫方法，開創了中國文學藝術塑造形體奇怪而內心完美的藝術形象的先河。法國詩論家萊辛說：「一個醜陋的身體和一個優美的心靈正如油和醋，儘管盡量把它們拌和在一

起，吃起來還是油是油味，醋是醋味。」
(《拉奧孔》)而莊子卻把「醜陋的身體」與「優
美的心靈」，融和在一起，產生了不同於單純
的醜和美的獨特的形象，開拓了中國文藝的新
境界。「文中之支離疏，畫中的達摩，是中國
藝術裡最特色的兩個產品。正如達摩是畫中有
詩，文中也常有一種 『清醜入圖畫，視之如
古銅古玉』 的人物，都代表中國藝術中極高
古、極純粹的境界，而文學中的這種境界的開
創者，則推莊子。」(聞一多《莊子》)。

3.太極詩學——無用之用

　　老子詩學是無為之學，強調道之用，無為
之用。「大道泛兮，其可左右。萬物持之以生
而不辭，功成不名有，衣養萬物而不為主。」
(34章)天在不知中發生作用，人在無為中發
生作用，美就具有這樣一種無用之用的特性。
莊子也以同樣的原則闡明了「不知之知」、
「無用之用」：「足之於地也賤，雖賤，恃期
所不蹍而後善博也；人之於地也少，雖少，恃
其所不知而後知天知所謂也。」(〈徐无鬼〉)

認為「有」的作用要靠「無」來體現，如此說「得其環中，以應無窮。」（〈齊物論〉）環中便是空無地方。「知無用而始可與言用矣。夫地非不廣且大也，人之所用容足耳。染則廁足而墊之致黃泉，人尚有用乎？……然則無用之為用也亦明矣！」（〈外物〉）貴無之說，不是世界產生於無，其中有無相互依存，具有辨證法思想。這種「有」、「無」作用的思想，為後代詩論家創造了一些很有意義的理論。如「韻外之致」、「味外之旨」、「超以象外，得其環中」等。文學創作要用詞、用意、用形象，不能單靠一張白紙，體現了「有」、「無」的「無用之用」。

考察老莊的思維方式，可以看到以下三層意思：(1)「無之以為用」的「無用之用」，這個用，取決於對審美物象身上存在著一種有中之「無」，而所用的正是這個「無」之處。如「三十幅為一轂……，無之以為用。」（11章）王弼說：「有之所以為利，皆賴無以為也。」（《道德真經注》）莊子也說：「虛室生

白」、「唯道集虛」，說明藝術中空中點染，
搏虛成實的已經結構。司空圖的「道不自器，
與之圓方」，「不著一字，盡得風流」；白居
易的「此時無聲勝有聲」等，都是老莊思想的
衍化，表述了不用藝術表現媒介可以達到的超
象表現原理。(2) 不現其形的「無用之用」。
老子說：「善行無轍跡，善言無瑕謫……，無
繩約而不可解。」（27章）是無爲之爲，它
的用也是無所謂用。「萬物持之以生而不辭，
功成而不有。」（34章）莊子的「虛而待物」，
即摒棄耳目心智，把宇宙當做絕對的「無」，
「至人之用心若鏡，不將不迎，應而不藏。」
（〈應帝王〉）這種無用之用，經莊子的生發，
形成了內容豐富的「虛靜說」。(3) 不求實用
的「無用之用」，老子認爲：有無相生之道是
美的根源。老子說：「執古之道，以御今之
道。」（14章）是說人循道而行，可憑「無」
以御「有」。莊子說：「大辯不言，……言辯
而不及。」（〈齊物論〉）是說「言論」、「辯
說」不及「道」，是無用的東西，真實因爲其

中的辯證法因素，使我們想像到，離開了「無用」也就沒有「有用」；不僅在「無用」，還在「有用」，也就是「無用之用」。對審美和創造美的把握，沒有實用目的，與康德的審美判斷：無厲害的快感、無明確目的而又合目的性的見解相似。

　　「生而不有，爲而不恃，長而不宰。」（10章）「明道若味，……大象無形。」（41章）「大成若缺……大辯若訥。」（45章）以上三段可說「正言若反」。是在肯定的理解中包含著否定的理解，肯定其「無用」，保存對「有用」的肯定。可見老子的思維辯證法，是與客觀事物的辯證發展相一致的、是與審美情感的發展相一致的。

第二節　永生信念

　　老莊思想追求要回歸本真，認爲靈魂本質上是一種生命力。但作爲一種獨特方式的「死

亡」，是不可能「生寄也，死歸也」（《淮南子·精神訓》）。「眾生必死，死必歸土，此之爲鬼」（31章），只能在精神上是如此。復歸嬰兒只能作爲一種精神上的行爲，這種精神和思想，最能表現在詩文中，成爲古代詩人的重要命題。因此，它也同樣影響到太極詩學的文學觀念。

1.「出生入死」──精神與物象

老子說：「出生入死。生之徒十有三；死之徒十有三；人之生，動之死地亦十有三。……夫何故？以其無死地。」（50章）老子認爲生與死都是自然現象，有生必有死，這是自然規律。而自然規律不可抗拒，所以，生不必樂，死不必哀，更不可怕。正如莊子說：「按時而處順，哀樂不能入也。」（《莊子·養生主》）清代高延第明其大意：「『生之徒』，謂得天厚者，可以久生；『死之徒』，謂得天薄者，中道而夭；『動而之死』者，謂得天本厚，可以久生，而不自保持，自蹈死地。蓋天地之大，人物之蕃，生死紛紜，總不出此三

者……。」（《老子證義》）高氏謂「天」即指自然。世上的人，由於自然的原因而長壽、或出於自然夭亡的，各占十分之一。老子認為「善攝生者」，「十有一」，「不生不死」是沒有的，只有「道」永恆。天地萬物都有死必有生、有生必有死，「天地尚不能久，而況於人乎？」（23章）老子還說：「死而不亡者壽」（23章），即肉體雖已經死去，卻永不被人遺忘，這才是真正的長壽。

　　老子說：「出生入死」，出世就是生，入地就是死，一切不過是自然而然的變化而已。按韓非子的解釋：「人始於生而卒於死。始謂之初，卒謂之入，故曰『出生入死』。」（《韓非子・解老》）人的一生，有開始和終結，認識到人的軀體是受時間和空間所限制的。「飄風不終朝，驟雨不終日，天地尚不能久，而況於人乎？」（23章）變化是萬物的普遍規律，人的生死也就是自然的了。莊子用「氣」來界定生死，他說：「人之生，氣之聚也。聚則為生，散則為死。」（〈知北遊〉）有呼吸和無呼

吸是對生死的直覺認識。老子又說：「載營魄抱一，能無離乎？」（10章），就是指精神和形體的合一。《老子》一書中多處提到「吾」或「我」的心靈，「觀」和「知」萬物。由此可見，有關軀體和靈魂的概念，早為老子所重視。老子以冷靜的智慧堪破了生死，超脫了生死，立定了人生。「眾生必死，死必歸土，此之謂鬼。」[1]「生寄也，死歸也」（《淮南子・精神訓》）。中國古代的人相信，除了形體之外，尚有一種東西，不管名稱（神、鬼、魂、魄）為何，卻可以超越形體所不能超越的生死。所謂：「魂，陽氣也」、「魄，陰氣也」（《說文解字注・9篇上》），「凡人所生者神也，所託者形也，神大用則竭，形大勞則敝，形神離則死。」（司馬遷・《史記・太史公自序》）莊子也多次提及神遊的說法：即把靈魂暫寄託於軀體，靈魂所居，肉體無法涉足。這種境界只有寄寓於軀體的靈魂才能抵達。這種精神觀運用到文學創作上，即是「神與物遊」。劉勰關於作家構思想象和外界客觀事

物關係的觀點，即是這種觀念的變形。他說：
「文之思也，其神遠矣。故寂然凝慮，思接千
載；悄然動容，視通萬裡；吟詠之間，吐納珠
玉之聲；眉宇之前，卷舒風雲之色；其思理之
致乎！故思理爲妙，神與物遊。」（劉勰《文
心雕龍‧神思》）神遊就是讓想像力馳騁，這
種靈魂觀念，追求一種想像和虛擬的境界。再
如陸機所言：「精鶩八極，心遊萬仞……，觀
古今之須臾，撫四海於一瞬……，籠天地於形
內，挫萬物於筆端。」（〈文賦〉）明顯表現了
精神和物象的交往，「神遊」是主體心靈的一
種作用。文人用詩文表述自己的幻想和願望，
是一種心靈上的滿足，也是一種審美的活動。
「乘天地之正，而御六氣之辯，以遊無窮者」
（《莊子‧逍遙遊》），「乘雲氣，騎日月，而
遊乎四海之外」（〈齊物論〉），都是實際生活
中不能辦到的，卻寄託了人們的嚮往和渴求，
於是，只好用文字來抒懷，找到精神上的歸宿
和心靈上的和諧。「六極之外」、「神與物
遊」，老莊思想正迎合了這一需要。

　　古代人認爲靈魂本質上是一種生命力，人誕生之時即有了肉體的形式，當人停止呼吸後，又再離開死去的肉體，故認爲靈魂是不朽的。魏晉以後，詩人和詩論家在詩文中表現一種留戀生命卻又無可奈何的思想。例如曹操的〈短歌行〉中對酒當歌，慨嘆人生幾何。而神龜雖壽，尤有竟時，螣蛇乘霧，亦終爲灰土。一些詩人追尋長生不老，洞天福地，正是莊子所提及的「絕地天通」思想的衍生。

2.「長生久視」──不死與再生

　　老子提出「治人事天，莫曰嗇……，有國之母，可以長久；是謂深根柢固，長生久視之道」（59章），也就是說要愛惜和養護身心。老莊在精神上相信有「不死」的可能，在它們看來，死亡是靈魂離開肉體的活動。老子指出人死時的情況：「其死也枯槁」（76章），莊子認爲「死」是「氣」散。「金玉在九竅，則死人爲之不朽。」（葛洪《抱樸子·對俗》）莊子曾經將死亡看做是一種再生，亦即一個新的、精神的存在的開端。這種思想普遍存在於

古代的文學作品和民間神話之中，老莊所思考的是生命如何延續。這種把死亡看做是一種形體更替的觀念，在中國古代的文學藝術中多有表現。例如，盤古死後化生萬物，炎帝之女娃死後化為精衛 （《山海精·北山精》），老莊這種死亡之說，也促成了六朝的志怪小說和遊仙文學。

　　如何以自然天道養護自然生命，以盡其天年？老子說：「治人事天莫若嗇。夫唯嗇，是謂早服；……是謂深根固柢，長生久視之道。」（59章）「嗇」就是愛惜精力、積聚精神智識。老子所說「長生久視」，即生命長久，得盡天年之意。人們能用「嗇」的方法培養和積蓄生命能量，厚植根基，就能充實、增強生命力，從而使自己的生命得到保護。春夏秋冬的往復，身體的變化，使古人產生了嘆老意識。追求長生，這是中國古代文學意識中很重要的一個基調。劉若愚說：「時間感受，乃是中國詩歌意識思維的一支極敏感、極深細的觸覺，深深探入生命的底蘊。」[2]時間的流

失，希望返回出生的時間，回到孩童時代，或
者讓時間停下來，如入山、夢境、仙境，進入
另一個世界。爲了「長生」、「不死」，停止
軀體的衰老，人們想盡一切辦法，如煉抗衰老
的仙丹，吸取不滅和永恆的東西，但人仍然受
到生老病死的折磨。「修丹與天地造化同途」[3]
老莊人爲地模擬天地變化過程，追求個體的不
朽，超越現世的時空，逃避死亡的來臨。

　　老子還提出：「專氣致柔」的養生之道。
他說：「載營魄抱一，能無離乎？專氣致柔，
能嬰兒乎？……」（10章）「營魄」即人的精
神和肉體，老子認爲，要保持固有的天真、全
其必然的本性，就要注意身心修養，保持樸
素、寧靜、恬淡的生活。老子的重生、養生思
想當然不是追求長生不死，而是強調生命乃一
自然過程，人應順其自然，即所謂「道法自
然」。他講「谷神不死，是謂玄牝」（6章）
「以其不自生，故能長生」（7章），「善攝生
者，陸行不遇兕虎，入軍不被甲兵」（50章）
都是把「生」看得非常重要，與天地同樣重

大。但他不是道教的「仙道」,也不是佛教的
輪回,而是把生死置之度外,超脫了生死又能
和普通人一樣的人。

　　老子的「復歸於嬰兒」(28章)、「比於
赤子」(55章)、「能嬰兒乎」(10章),都
是一種期盼時間能夠逆轉的表現。而莊子也提
出:「生也,死之徒;死也,生之始,孰知期
紀。」(〈逍遙遊〉)則完全是一種完整的圓形
時間觀。生、老、死是個體的一種表現,歸納
不死與再生這個主題,是老莊追求上古之世,
以及順應自然的哲學。正如古爾靈 (Wilfred
L. Guerin)所論述的永生模式:(1)逃避時間:
「返回天堂」,即返回人類悲劇性地墮入塵世
前所享有的那種完美、永恆的極樂世界。(2)
神秘地融化在周而復始地時間之中:無止境地
死亡與再生地主題,人類通過順應大自然地永
恆周期(尤其是季節周期)地無限神秘的節奏
而達到一種永生。[4]可見,老子思想的最大貢
獻,是對自然性的天的生成、創作,提供了新
的、有系統的解釋。對藝術可以表現深層的事

物提供了依據。

3.「神化萬物」—— 睿智與理趣

　　中國哲學詩之精神源於「老莊」，尤其老子之詩，如同天地之遼邈，有至幽至深之奧境。我們從老子對後世詩學的影響，可以見出他的哲人其志、詩人其心及與眾不同的特色。一是老子對道的反覆推闡，既包括了藝術的本體，又產生了老子詩歌恍惚窈冥的意境。二是老子對自然人生的認識，包括時空無限、意象模糊等哲理詩化的神奇。三是形象化的情節、抒情所表現的深婉理趣，增強了哲理詩的藝術感染力。此三種特色對中國古代詩學的情志、心靈、意念影響是巨大的。如林希逸詩：「失馬塞翁云得馬，數車柱史論無車。」其哲理明顯直接傳承老子的禍福之言（〈再和徐字韻〉）。又如，韋應物詩：「水性自云靜，石中本無聲。雲何兩相激，雷轉空山驚？」（〈聽嘉陵江水聲〉）與老子的「水」的母題與「虛靜」的本質契合甚切。也有取意於老子哲思而不著痕跡者，如杜牧：「睫在眼前

長不見，道非身外更何求」，完全脫化老子的
「其出彌遠，其知彌少」的哲思，然卻不落詞
語因襲之累。劉勰據此描述了：「或理在方
寸，而求之域表；或義在咫尺，而思隔山河」
（《文心雕龍・神思》）的境界。可見，老子詩
學的影響，不限於哲人智慧的啟迪，他同時帶
著智慧的微笑，融自然、人生、藝術於一體的
審美意境。

　　魏晉玄學，融儒道精髓，但，無論是何
晏、王弼的「貴無」，還是向秀、郭象的「本
末不二」說，都繼承和改造了老子關於自然、
人生的觀點。在崇尚玄靈之昔，世道艱危之
時，成為對人生苦悶的消解方式。可見魏晉玄
言詩，一方面以老子的藝術思想中的自然與人
生回歸老莊；另一方面表現在探討人生主體精
神方面的覺醒和困惑。如，阮籍詩中：「春秋
非所託，富貴焉常保」的感傷，「被褐懷珠
玉」、「誰與守其真」的心志和「養志在沖虛」
（〈詠懷詩〉）的期望，無不烙上老莊藝術思想
中的沖虛自然、守真抱樸的印記。郭璞：「明

道雖若昧，其中有妙象」（〈遊仙詩〉）淵承老
子的玄言篇什。曹攄：「精義測神奧，清機發
妙理」（〈思友人詩〉），庾闡：「寂坐挹虛恬，
運目情四豁。」（〈衡山詩〉）等佳句都以老子
藝術精神為旨歸。魏晉名士多「好遊山水」
（《世說新語・棲逸》）聞名當世。遊心山水之
間，吐納天地渾淪之氣，含茹無為自適之趣，
表現出道象冥合的怡暢玄思。其藝術本體是老
子「大音希聲」「大象無形」的虛靜自然，而
其審美趣味又兼得莊子的「浮遊」精神。老莊
太極詩學的藝術精神灌注於玄言詩，亦對晉宋
山水、田園詩有一定影響。

　　隋唐禪宗思想發展，道釋詩興起，明顯受
老莊太極詩學的影響。一方面是自然主義的特
徵，與「道法自然」相融通，另一方面直覺神
秘的方法與「玄鑑」、「靜觀」相融通。如，
葛洪有「大象雖寥廓，我把天地戶」（〈法嬰
玄靈之曲〉），葛玄有「散誕遊山水，吐納靈
如津。煉氣同希夷，靜詠道德篇。至心宗玄
一……，渺渺凌重玄。」（〈空中歌三首〉）之

三）其中「希夷」、「道德」、「玄一」、「重
玄」等都直取於老子，生命意識中有一種荒忽
誕漫的意境。皎然的「千里萬里心，只似眼前
月」（〈送靈澈〉），陳子昂的「水月心方寂，
雲霞思獨玄」（〈酬暉上人獨坐山亭有贈〉），
王維的「空居法雲外，觀世得無生」（〈登辨
覺寺〉）等，無不駐足自我，置身靜境而求取
一種自然靈契和人生領悟。它符合老子無形之
「道」和玄言詩人「淪心渾無，遊精大樸」（陸
機〈贈顏令文爲宜春令〉）的自然意趣。

　　宋代「道學詩」重理性，王士楨說：「宋
人唯程、邵、朱諸子爲詩好說理」（《師友詩
傳續錄》）。我們可以通過宋代理學家的學術
主張，看道家詩與老莊藝術精神相通。道學詩
對老莊詩歌的吸取，是通過玄言詩作媒介，其
特色是將自然浩渺中虛幻的人格本體拉回現
實，落實到日常的生活情趣之中。程顥詩云：
「閒來無事不從容，睡覺東窗日已紅；萬物靜觀
皆自得，四時佳興與人同。道通天地有形外，
思入風雲變態中；富貴不淫貧賤樂，男兒到此

是豪雄。」(〈秋日偶成〉) 形象地再現了老子
「同於道者，道亦樂得之；同於德者，德亦樂
得之」(23章)，「天得一以清，地得一以寧」
(39章) 的沖虛之德。朱熹的藝術精神表現在
情景意興與自然理趣，「朝昏有奇變，超忽難
具論」的自然觀，「境空乘化往，理妙觸目
存」(〈寄題咸清精舍清暉堂〉) 的人生觀等，
見出同老子的尋求心靈虛靜之理的共識。朱熹
的「玄思徹萬微」的詩心，其中理趣，正入老
子「玄之又玄，眾妙之門」。由此可見，老莊
的太極詩學對中國藝術的影響是顯而易見的，
老莊自身以哲學詩的藝術形態、藝術精神與後
世的詩學聯繫是清晰的。可以總結如下三點：
(1)以詩入理；(2)於自然中悟道豁情，探索人
生哲理；(3)在情、景、意、興中蘊蓄理趣。

第三節　山水剛柔

　　老莊論剛柔，如「天下莫柔弱於水，而

攻堅強者莫之能勝……，弱之勝強，柔之勝剛」（78章），「堅強處下，柔弱處上」（76章），是文學創作和詩學理論上，剛中有柔，柔中帶剛的一種表現，不能簡單地理解爲女性的特質。從柔到剛，從弱到強，只是變異的一個過程。山水之美分陽剛陰柔，代表了主體人的兩種性格，是人的主觀投射行爲。

1.弱之勝強，柔之勝剛

　　老子以水喻道，曰：「上善若水，水善利萬物而不爭處眾人之所惡，故幾於道。」（8章）水給說成是最高的道。道像水一樣善於助益萬物，而不與萬物相爭。水散於天、滲於地，關乎人的生命，供育人類，地球上下，宇宙內外，無不充滿。又說「譬道之在天下，猶川谷之於江海。」（32章）「天下莫柔弱於水，而攻堅強者莫之能勝，以其無以易之。弱之勝強，柔之勝剛，天下莫不知，莫能行。」（78章）水是柔弱無比的，也是強大無比的。它擊之碎而不消，傾之流而不亡，熱之散而不失，冷之凝而不屈，水是永恆不變的。那柔弱

無比、受辱受難的正是「謂天下王」。（78章）
這是對水能滋養萬物的認識。明白了水的特
性，以水來理解和衡量自然中的秩序。榮格認
爲：「……水是『谷之精靈』，水是『道的飛
龍』，它的本性像水一樣——　一個懷抱陰中
的『陽』」[5]。也就是說「水」是一種精神或思
想的象徵。「山」是老莊意識和想像力的場
所，是人渴望回歸的地方，是與世隔絕和道德
昇華的象徵。

　　老子說：「處眾人之所惡，故幾於道。」
（8章）「江海之所以爲百谷王者，以其善下
之，故能爲百谷王。」（66章）俗話說：人往
高走，水往低處流。可見世人鄙視厭惡水的性
格。道，則正與世人的好惡相反，像水流一樣
卑下屈辱自處，這正是老子所說「反者道之
動」。「知其雄，守其雌，爲天下溪」（28
章）；「譬道之在天下，猶川谷之於江海」
（32章），雖知自己雄偉強力，卻甘守雌順柔
弱，以成爲天下人的溪流。老子以水喻道，是
以水喻修道：唯有謙卑居下的人，才能得著神

道。所以，老子確信：「曲則全，枉則直，窪則盈，敝則新，少則得，多則惑。」（22章）

老子說：「道生之，德蓄之……。」（51章）即萬物之生必須要體道懷德，作為萬物之靈長的人類更是如此。老子神化萬物不僅是為了一己之私，更是為了體道，表現了老子的人格精神。「非以其無私邪，故能成其私。」（7章）老子主精、氣、神，主要是在人的內心修養或人格，他有別於那種「吐納導引」、「練精化氣」之術。他說：「知止所以不殆」（32章），即善於養生的人，言行舉動莫不順道自然，當行則行，不行則止，行止無不契合於道，這樣就不會遇到什麼兇險危殆的情況。老子說：「後其身而身先，外其身而身存。」（7章）就是尊道貴德；謙恭居後反會被人尊崇。他把生死置之度外反會被人愛戴而保全生命。人若不「尊道貴德」，會帶來無窮的災禍。「人止迷，其日固久。」（58章）世人奔竟傾軋，追名逐利，還乞求生命的長久，是南轅北轍。「名與身孰親？身與貨孰多？得與亡

孰病？」（44章）奪得名利和生命相比那一樣
更有害？「甚愛必大費，多藏必厚亡。」（44
章）過分熱中名聲必然導致生命能量的極度消
耗，遭到損失和失敗。

2.「復歸其根」的自然觀

　　老子認爲「道」是非常自然、樸素的，
「道法自然」，說明「道」是自然本然。老子
還說：「爲天下谷，常德乃足，復歸於樸。樸
散則爲器。」（28章）「樸」的本意也是本然
而然。莊子把「道」視爲最自然、樸素的絕對
精神，是「自然之道」，是最高的境界。他主
張「順物自然」（〈應帝王〉），崇尙自然純樸
之美。在老莊描述自然的那個時代，人們已經
把自我和自然嚴格區分開來，但人類已自覺的
意識到，或者相信人和自然是可以合一的。

　　老子曰：「夫物芸芸，各復歸其根，歸根
曰靜，是曰復命。」（16章）萬物紛紜複雜，
最後都恢復到它的本源。這個本源的標誌是人
與社會，以及人與自然的和諧統一，就是回歸
到人類的自然。莊子憎恨社會現實的腐朽，認

為社會弊端的根源是破壞了天然的道德，使人失去了素樸的本性。所以他熱情鼓吹社會向自然回歸，回到原始樸素的至德之世。莊子說：「古之人，在混芒中，與一世而得澹漠焉。當是時也，陰陽和靜，鬼神不擾，四時得節，萬物不傷，群生不夭，人雖有知，無所用之，此之謂至之。」（〈繕性〉）這種無知無欲的社會是他心目中的至德之世。莊子基於他的社會理想，企圖把歷史往後退，主張回到「自然」的「混沌」時代。他認為這樣的時代是最理想、最美的時代；是最「樸素」和「自然」的時代。他幻想和虛構了一個「無何有之鄉」（〈應帝王〉）的理想王國。他把提倡自然樸素和封建權貴所提倡的文化對立起來，顯然是錯誤的。但這種觀念對古代詩學和文學創作有非常重要的作用，莊子在他不少的寓言和論著裡抒發了憤世疾俗的思想感情，對於後世的一些文學家產生過積極的影響，如嵇康、阮籍、陶淵明、李白、蘇軾等。莊子崇尚自然，復歸於樸，影響了後世的詩學理論家，如劉勰、鍾

巘、王士楨、皎然、司空圖、嚴羽、李贄等。

3.「道法自然」至高無上

老子說：「道之尊，德之貴，夫莫之命而常自然。」（51章）德和道之所以尊貴，全因順其自然。「道」生化萬物，也是自然而然，不帶任何人為的、功利的污痕。「道法自然」是說道的本性是自然，宇宙萬物自然生成、自然變化、自然發展。老子通過對宇宙萬物包括人世生活的靜觀默察，形成天道自然無為的觀念，是對「無為而無不為」的自然之道的高度抽象的概括。莊子論自然妙道，更加強調自然人性和自然之美。他人為「道」，「有情有信」（《莊子·大宗師》）比老子所謂的「道」更富於精神性。莊子則認為：「牛馬四足，是謂天；落馬首，穿牛鼻，是謂人，故曰：無以人滅天……」（〈秋水〉），天即自然。「人」指人為，「天」指萬物的自然之性，不要用人為的偽去損害自然，要順應萬物的自然之性。老莊把「天」看做「自然」。「天道無常，常與善人」（79章），是說「天」尚有人格觀

念，主張人性之自然。老莊把「道」歸結為自然，「自然」可以說是太極詩學的核心思想。因此自然具有至高無上的特殊地位。文學源於自然的觀念是最基本的信念，自然的思想貫穿於太極詩學的各個方面，自然也是老莊的審美理想。

　　從自然之道出發，老莊都主張人性之自然，強調「真」、「天真」、「純」、「樸」、「素」、「本」、「性」、「實」、「情」等，都是指自然人性。對於人性，他們認為是一種本真的性情。老子說「嬰兒」，莊子叫「兒子」（〈庚桑楚〉）或叫「童子」（〈人世間〉），都是指他們的自然無偽的純真的天性。老莊強調自然人性，崇尚自然天真，是針對貴族統治集團的宗法觀念和制度進行猛烈的攻擊。老子「絕聖棄智」，莊子指出「毀道德以為仁義，聖人之過也。」（〈馬蹄〉）都是針對虛偽的仁義道德的。他們要求人性之自然，個性的自由；肯定自然之美，厭惡做作之美，對文藝創作和詩學理論是有積極意義的。

老子曰：「天下皆知美之為美」（2章），莊子有「天地有大美而不言」（〈知北遊〉），老莊談到美的地方很多，都力主自然。「素樸而天下莫能與之爭美」（〈天道〉）是說素樸之美，即未經雕琢飾染的美，是美的極致。「淡然無極，而眾美從之」（〈刻意〉），也是素樸之美。莊子以「天籟」為美，也在自然。可以顯見，老莊的太極詩學很多命題，都是中國古代詩學的肇始源頭。中國古代的文學是自然的文學，中國古代的詩學理論，也存在一個貴自然的傳統，它的思想基礎，就是自然之道。中國詩學史上第一個把老莊自然之道引進文學理論的是東漢的思想家王充。他針對漢代浮華虛飾、靡麗雕巧的文風，提倡「真美」（《論衡》），所謂「真美」就是自然之美。劉勰的《文心雕龍‧原道》之「道」，主要是自然之道。所謂「夫豈外飾，蓋自然耳」，即人文（即文學）則出於人心之自然，「心生而言立，言立而文明，自然之道也。」劉勰的自然之道貫穿全書，再如「人稟七情，應物所思；

感物吟志，莫非自然。」（〈明詩〉）強調的是詩人感物而生的性情的自然抒發。鍾嶸的「自然英旨」和「真美」，也是要求自然和諧、自然之美。唐詩之勝，多賴貴自然贊真美。胡應麟謂　「唐人詩如初發芙蓉，自然可愛。」（《詩藪》外篇卷6）皎然「造境」，前提是自然。「萬物貴天然，天然不可得，渾樸無勞剖劂工，幽姿自可蛟龍質。」（〈鄭容全成蛟形木幾歌〉）強調藝術以天然爲貴。唐末司空圖的〈自然〉，也是指自然真情。宋代張戒在《歲寒堂詩話》裡批評議論用事指瑕，要求恢復「詩人之本意」，強調詩歌創造之天成。「胸襟流出」，實際上是要求詩歌創作回到貴自然的正路上來。嚴羽重申「吟詠性情」，重「興趣」、「妙悟」，就是強調善於保持內心的自然真情的抒發。明代王艮吸收老莊道家詩學，修正王陽明的所謂的仁義道德三綱五常的「心」，是一種自然天性。正如他說：「天性之體，本是活潑的。鳶飛魚躍，便是此體。」（《王心齋遺集卷一‧語錄》）徐渭反對理學對

人性的束縛與戕害，主張人性的解放，強調
「本體」、「未昧之良」也就是自然人性。李
贄「童心說」：「童心者，真心也。」與老莊
講「嬰兒」、「兒子」相關；與莊子講「貴真」、
「復初」也有聯繫。李贄的這種以自然爲美的
文學觀，繼承老莊、漢魏詩學貴自然的傳統，
是極其明顯的。稍後湯顯祖又承繼徐、李的自
然人性論，突出「情」，人文「天地之性人爲
貴」（《貴生書院說》）「性無善無惡，情有
之。」（《復甘義麓》）這「情」就是自然之
情。袁宏道也強調自然真情。「得之自然者
深」（《敘陳正甫會心集》），在思想上受老莊
自然之道的啓迪。

註　釋

[1]《禮記‧祭義》，見《禮記正義》卷47。《十三
經注疏》，北京：中華書局，1980年10月，下
冊，1595頁。

[2]劉若愚，《中國詩學之精神》，趙帆等譯，鄭州：
河南人民出版社，1990年，238頁。

[3]〔唐五代〕彭曉：《參同契集注‧彭氏周易參同契
通眞義序》。

[4]威爾弗雷德‧古爾靈（Wilfred L. Guerin等著，《文
學批評方法手冊》（*A Handbook of Critical Ap-
proaches to Literature*），姚錦清等譯，瀋陽，春
風文藝出版社，1988年，223頁。

[5]榮格，《集體無意識的原型》，《心理學與文學》，
北京，三聯書店，1987年，68頁。

第四章
太極詩學與自然奧妙

　　老子曰：「道之尊，德之貴，莫之命而常自然」（51章），「道法自然」（25章）。王弼注釋說：「自然者，無稱之言，窮極之辭也。」「法自然者，在方而法方，在圓而法圓，於自然無所違也。」「道不違自然，乃得其勝。」（《老子注》）老子又說：「為天下谷，常德乃足，復歸於樸。」「樸」的本意是本然而然，可見，老子的「道」是非常自然樸素的。莊子同樣崇尚自然樸素，他說：「恬淡有大美而不言，四時有明法而不議，萬物有成理而不說，聖人者，原天地之美而達萬物之理，是故至人無為，大聖不作觀於天地之謂

也。」（《莊子‧知北遊》）郭象在（《莊子‧
庚桑楚》注）、成玄英在（《莊子‧德充符》疏）
中，都指出莊子的「道」是「自然之道」。
他推崇自然而然的美，反對雕飾；提出順物之
性，尊重人的個性，反對束縛個性發展的思
想。

　　太極詩學論自然妙道、自然人性，對中國
詩學的影響是極為深遠的。劉勰：「心生而言
立，言立而文明，自然之道也。」（《文心雕
龍‧原道》）鍾嶸：「妙造自然」（《詩品》），
張戒：「卓然天成」（《歲寒堂詩話》），李夢
陽云：「詩者，天地自然之音」（《詩集自序》）
都證實了「古今之大文學，無不以自然取勝」
（《宋元戲曲考》）。探自然幽冥之所出，離不
開「民族」、「地理」與當時的文化氛圍；繪
至高至崇的自然境界，要表現「大象無形」
「有無相生」「言辯之美」；傳自然之脈動需
塑造虛心遊世、超然獨立的人格。

第一節 「幽冥之所出」

　　老子在探討宇宙、人生之哲理的過程中，提出了以「道」和「德」爲核心的理論範疇。對「道」的闡釋，王安石云：「道有體有用。體者原氣之不動；用者，沖氣運行於天地之間。」（《老子注》）說明了「道」的自然特性，有「氣」派衍出「玄」「深」「大」「遠」「微」等概念，實以其神秘性留予後世惑惘之謎。以「氣」爲例：「氣，雲氣也，象形」（《說文解字》1篇上），在老莊的概念中，氣是維持生命的必要條件。以氣論文，曹丕最爲突出；「文以氣爲主。氣之清濁有體，不可力強而致」（《典論·論文》），說明在氣之外，尙有清濁即陰陽的二元觀念。「氣者，身之充也」（《管子·心術》下），謝赫把「氣韻生動」（《古畫品錄》）放在第一位，說明天地萬物生機之源，是因爲有「氣」。老子：「道之爲

物，惟恍惟惚。恍兮惚兮，其中有象；恍兮惚兮，其中有物。窈兮冥兮，其中有精；其精甚真，其中有信。」（21章）「精」和「氣」，鋪墊了太極詩學的理論基礎。王弼在《老子指略》中所謂「萬物之所由」、「幽冥之所出」、「探賾不可究」、「獼綸不可極」、「綿邈不可及」、「幽微不可睹」，皆是模糊神秘之詞。天地萬物由氣構成，人也是如此，文藝創作也應如是。

老子在開卷首章論「道體」，「……玄之又玄，眾妙之門」，把不可名狀的玄虛之「道」展開去，並通過「有」「無」之「微」「妙」，將讀者引進眾妙玄玄之幻境。老子「玄之又玄」的神思冥想，關鍵是對大自然之奧妙的探索，這與地域文化精神和時代文化氛圍有關。涉及到「民族」和「地域」、「人生」和「心靈」的問題。

1.「民族」和「地域」

老莊的時代，文學色彩和詩學差異，主要來自北南文化的異同。這種異同的原因。一方

面是由於民族的眾多和民族的差異，另一方面
是由於幅員遼闊造成的地理環境的不同。據文
獻記載，殷商之前的夏民族是南人政權，時尚
南音，南方文化占據統治地位。荊楚人文、社
會綿延廣泛、深遠，形成一支具有地域特點的
強大的力量。後來，來自北方的周人征伐南方
的夏民族，「殷周」取代「夏」，顯示了北方
的強力。但南方文化歷史悠久，夏民族與荊楚
人文在貴母、尚柔等文化精神方面淵源合契。
在文學創作和詩學方面也有很多相似的地方，
如都肯定純粹美，都歌頌崇高，都追求和諧
美的理想等。但在北方文化崛起、勢力驟強的
情況下，南方民族受到嚴重壓抑，文化心理形
成一種悲憤情緒。老莊詩學之尚柔的精神、悲
憤的情感和神秘的思維，都是在這種文化積澱
中形成的。莊子和屈原都認為純粹的事物才是
美的，而純粹與樸素有一致的屬性。莊子更強
調樸素的美：「樸素而天下莫能與之爭美」
（〈天道〉）。郭象注曰：「夫美配天者，唯樸
素也」（明世德堂刊《南華真經》，四部叢刊

本），意思是：未加入人工的自然之道是樸素
的、也是純粹的。因此，順應自然，也實現了
純粹、完美的要求。莊子和屈原都嚮往崇高，
認為宏偉的氣魄和超人的力量是一種崇高的
美。「鵬之背不知其千里也」是如此之龐大；
「碰之徒於南冥也，水擊三千里，搏扶搖而上
者九萬里」又是如此的有力、如此壯闊的景
象。但屈原是一個崇高的悲劇形象，莊子卻是
個以懷疑的眼光看世界的人物。莊子和屈原都
認為「中和」為美，它包含和諧、適度、平衡
等。莊子曰：「形莫若就，心莫若和」（〈人
世間〉），也就是說心靈不失中和。莊子還
說：「故之好之者一，其弗好之也一；其一也
一，其不一也一，其一，與天為徒，其不一，
與人為徒，天與人不相勝也，是之謂真人。」
（〈大宗師〉）強調天人合「一」，強調「同
一」，順應自然，同於自然，顯示了南方民族
的文化精神和在文學藝術上的追求。

　　老莊的時代，北南相距遙遠，各地區形成
了各自的地域版塊文化。北南地理環境、自然

環境的差異，造成了人文、社會的不同發展和
文學藝術上的不同追求。南方民族長於以柔克
剛，偏於熱情浪漫、優遊逸樂的傾向；北方民
族長於剛健取勝，崇尚現實、理智敦厚的傾
向。這一點可取劉師培精闢推闡爲證：「荆
楚之地，偏處南方，故老子之書，其說杳而深
遠。及莊、列之徒承之，其旨遠，其義隱，其
爲文也，縱而後反，寓實於虛，肆以荒唐譎怪
之詞，淵乎其有思，忙乎其不可測矣。屈平之
文音涉哀思，矢耿介，慕靈修，芳草美人，託
詞喻物，志行芳潔，符於二〈南〉之比興。二
敘事記遊，遺塵超物，荒唐譎怪，復與莊、列
相同。」（〈南北文學不同論〉）由此可見，將
老莊之文與南方荆楚之地之自然環境、宗教信
仰、生活習俗、思維方式聯繫起來看，卻有
其明顯而深遠的淵源關係。縱覽《莊子》、
《列子》、屈原受《老子》的影響，再看老子
書中「杳冥而深遠」的自然神秘感，可窺老莊
太極詩學之結穴。

　我們從老莊對自然的恍惚認識來看，老莊

的時代還沒有獨立的文學觀念和詩學觀念。從
人類的發展歷程看，老莊的思想還保留原始的
思維方式和神話思維方式。因此，還保留人類
想像和創作幻想的特徵，這必然與當時的文化
氛圍有密切的關係。這也就涉及到宇宙本體和
天人關係上的問題。原始先民對宇宙渺邈、自
然變態的蒙昧和驚愕，是通過原始神話中的變
形物來表現的。如，莊子中所謂的蜩甲(即蟬
蛻)和蛇蛻。「若此人者，抱素守精，蟬蛻蛇
解，遊於太清，輕獨住，忽然入冥。」(《淮
南子‧精神訓》) 他們曾經創作了許多謬悠荒
唐卻又奇瑰美麗的神話，像古神話中「女媧
補天」類的神話傳說，《山海經》裡出現的怪
獸或非人的東西，實際上是探索宇宙之謎的思
想濫觴。《老子》一書所表現出來的思想，正
是一種非世俗、非歷史時間的循環觀念，是發
生在神聖的時間、神話的時間，與日常的時間
不一樣的。因此，他是以認識經驗和心靈感
悟去探究宇宙本體之謎和天人關係之謎。那是
不斷流失、剎那生滅，去不復返的時代，出現

了理智和神秘的雙重導向。而宗教巫術文化的
諸神之啓示，在本質意義上也是天與人關係的
心靈闡釋。季羨林先生說：「讀《莊子・齊物
論》，便知天之所生之謂物。人生亦爲萬物之
一。人生之所以異於萬物者，即在其能獨近於
天命，能與天命最相合一，所以說『天人合
一』。」[1]莊子繼承和發展了前人「天人合一」
的合理部分，建立了博大精深的本體論、人生
觀、認識論等，也爲太極詩學奠定了理論基
礎。「人爲萬物之靈」，物是物，人也是物，
人和自然合而爲一，「萬物與我爲一」（《莊
子・齊物論》）。「物我同一」就是把人和物
視爲主體自己或主體的同類。這種心態表現在
文學藝術中，就成爲各種象徵或擬人手法。朱
光潛論「移情」時曾說：神都是人創造的，都
是他自己的返造，都是擬人作用或移情作用的
結果。[2]戰國時期討論天命的學術專章很多，
如《墨子》、《列子》、《莊子》、《荀子》
等，屈原還寫出了〈天問〉。但就其思想方法
來說，仍在理智和神秘之間，老子謂：「道之

為物，惟恍惟惚」（21章），「是謂無狀之狀，
無物之象，是謂恍惚。」（14章）是原始人類
認識的一種反映。道既是恍恍惚惚的東西，也
就是一種未能確定和混沌的狀態，即人類尚未
能完全認識的一個對象。這種神秘的思想導衍
了老莊的詩學精神，莊子向渺茫雲天發出了神
奇的疑問：「天其運乎？地其處乎？日月其爭
於所乎？……」（〈天問〉），莊子是以「獨與
天地精神往來」的精神，欲解開自然之謎而陷
入神秘的「玄牝」，因而把宇宙和人生問題引
向了中國藝術「不可知」的深遠玄奧的境界。
而這個境界，是中國藝術精髓的詩的境界。當
我們了解了老莊充滿神秘感的「道」所產生的
廣遠的文化背景，才能深入探討太極詩學的自
然特徵。

2.「自我」與「心靈」

　　老子說：「孔德之容，惟道是從」（21章
），這是最大的德性，是人的本性，這是人類
自我的準繩。莊子遵循老子的思路，在觀察自
我、對待人生的時候，提出「以道觀之」，

（《莊子‧秋水》）老莊認爲天地萬物都是由
「道」產生的，「道」主宰著天地萬物和人類，
所以，要做一個與人的原本真性相符合的人，
就必須恪守自我原有的本性，賦予稟性來維護
人的心靈。老莊曰：「飄風不終期，暴雨不終
日。……同於道者，道亦樂得之；同於德者，
德亦樂得之」（23章），以自然之風雨喻示人
類行爲屬辭，抒發出嚮往大自然的感受和美好
心靈。莊子曰：「若一志，無聽之以耳而聽
之以心，無聽之以心而聽之以氣。」（〈人間
世〉）「氣」是對這種空虛心境的形容，只有
空虛的心境才能實現對道的關照。這種對
「道」的關照，要藉助感覺器官，而感覺器官
和「心」的邏輯思考只能把握有限的事物。而
「道」是無暇的，只有用心靈直觀，才能把握
無限的「道」。老莊以自我的精神觀照自然之
大美，以自然之精神禮讚人格之純美，成爲他
們自然意識的主流，也是詩學中關於自然美、
本色美的源頭，具有中國古代詩歌文化的本體
性質。

　　老子的「希言自然」（22章）、「淡乎其無味」和莊子的「淡然無極而眾美從之」（《莊子‧刻意》）構成了老莊以自然美爲宗旨的審美趣味。莊子認爲，一個人達到「心齋」、「坐忘」、「無己」、「喪我」的境界，才是「至美至樂」的最高境界。「乘天地至正，而御六氣之辯，以遊無窮⋯⋯，乘雲氣，御飛龍，而遊乎四海之外。」（《莊子‧逍遙遊》）這種精神狀態，是人生的一種自由境界。作爲對審美自我的要求，有它的合理性；從審美創作來說，就必須超脫現實的束縛，取得創作心靈的自由。作爲古代詩學的審美本體，自魏晉鍾嶸《詩品》肯定「芙蓉出水」的詩歌自然美價值，經唐司空圖倡高古、飄遠之自然意境，從而建立起以自然化的自我人格爲美的本體論。這種自然本體論是由人生的體驗而來，自然本體美落實到人生，是內含「真淳」、「質樸」等審美心靈的本色美。

　　老子出於天人夷和的理想而對天道「損有餘而補不足」、人道「損不足以奉有餘」

（77章）的天人逆悖現象，提出「見素抱樸，
少思寡欲」（19章），「常德乃足，復歸於樸」
（28章）的人生要求。老子藉自然之沖淡，從
深層之內涵，描述道給人的感受，倡導真誠、
素樸、飄遠的本色美，給詩論家追求自我人格
意義和藝術內在本質心靈美開了先河。老子倡
導的「真」，成爲詩學史上批評鑑衡的標準。
譬如，陸機《詩品》、元好問《詩論》、李贄
的《童心說》、袁枚《隨園詩話》等，貫穿了
以「真」爲核心的本色美的詩論，顯然有自然
體現人生的意義。

第二節　「順自然而行」

　　老莊思想的主脈，是天地和生命的自然意
識，即以自然觀照人生，以自我觀照自然。老
子說：「善行無軌跡」（27章），「道常無爲
而無不爲」（37章），王弼曰：「順自然而
行」，「順自然也」（《老子注》）莊子主張「順

物自然」（〈應帝王〉），「樸素而天下莫能與
之爭美」（〈天道〉）莊子把自然純樸看成是一
種無可比擬之美，一種理想的美。足見老莊崇
尚自然、樸素，反對雕飾取巧的詩學思想。我
們可以從「大象無形」、「有無相生」、「言
辯之美」來解釋老莊所論自然之奧妙。

1.「大象無形」

　　「大象無形」是太極詩學中有關形象之塑
造的構思，探討其構思之本源，具有一種超形
象之自然性的體「道」意義。它本身又具有深
刻的哲理，包含從量到質的轉化。當說到大象
無形時並沒有否定象的存在，而是說有象，但
到達極致時，反而覺得無形無言。因此，探究
「大象」之所以「無形」還要認識老莊「大道」
之自然。作為「先天地生」、「可以為天下母」
之「道」是其追溯把握的對象，這個對象，就
在朦朧恍惚的詩美中。老子說：「道之為物，
唯恍唯惚。惚兮恍兮，其中有象；恍兮惚兮，
其中有物。」（21章）這種微妙的神思，可見
出恍惚窈冥中以「大象」為本之「道」的自然

性。「玄者，深遠而不可分別之意」（范應
元：《老子道德經古本集注》），要在超形
象、超感覺的深妙不可知的境界中發「玄」之
奧趣。可見老子感覺宇宙自然，在之間視聽的
形象、聲音之外，還有更廣遠的、更宏大的形
象（大象）和聲音（大音）的存在。這是從現
實中歸納出的哲理，符合生活邏輯，所以被人
們理解、接受。這種「大象無形」的理念移植
到藝術創作和審美觀念中，就出現了藝術家們
的創作從追求聲色形象，轉向表象之外的「象
外之象」、「音外之音」的詩學理論。弦外之
音是有形之聲所難以直述或不必直述的，可以
意會而不可以言傳的。所以，無聲比有聲更深
沉感人。這種不滿足於悅目和聽覺，在聲、色
之間，通過感覺和聯想品嘗到的無窮韻味，既
表現了老子渾茫超俗的情懷，也體現太極詩學
的審美追求。我們還可以從老子刻劃的「獨泊
兮」，「喫喫兮」，「獨昏昏」，「獨悶悶」
心態，可見出如大海之遼闊平靜、如高風飄逝
的自然人格和人格自然化的意境。老子對自然

之謎的探索，顯示了詩學功能的一種象外之象、音外之音的審美價值，成為彙總感詩學發展史上藝術創作和欣賞者反覆探索和追求的目標。

「大象無形」、「大音希聲」、「大巧若拙」，就其本身看，不僅具有神秘意象，而且有深刻的哲學意義。這是太極詩學中有關藝術形象的構思的問題，然探索構思之本源，顯然又具一種形象之自然性的體「道」意義。「大象」之所以「無形」，關鍵是老子的宇宙本體的「道」之自然。老子在對道之本質作整體論述時，談到朦朧恍惚的詩意美：「孔德之容，唯道是從。道之為物，惟恍惟惚。恍兮惚兮，其中有象；恍兮惚兮，其中有物；窈兮冥兮，其中有精。其精甚真，其中有信。」（21章）此段話，前文已引過。但就這裡的意思是要明辨道心無所不包之玄奧。老子心靈之所指乃在遼闊幽冥、虛無飄渺的象狀。這種微妙的神思，暗示了「道」的可見性和可求性。莊子云：「黃帝遊於赤水之北，登乎崑崙之丘而南

望，還歸，遺其玄珠。使知索之而不得，使離
朱索之而不得，使喫詬索之而不得也。乃使象
罔，象罔得之。」（〈天地〉）此句的意思是，
用「理智」是得不到「道」的，用視覺是得不
到「道」的，用「言辯」是得不到「道」的，
而用「象罔」卻可以得到。「象罔」象徵有形
和無形、虛和實的結合。呂惠卿說：「象則非
無，罔則非有，不皦（明白）不昧（昏暗），
玄珠之所以得也。」（《莊子義》）這正是意思
形象的象徵作用，「象」是境相，「罔」是幻
相，藝術家創造虛幻的境相以象徵宇宙人生的
真際。真理閃耀在藝術形象裡，玄珠的輝煌在
象罔裡。老莊感受到宇宙之間除可視之形象、
可聽之聲音外，尚有更廣遠、更完整的形象
（大象）和聲音（大音），只有有形、無形，
有聲、無聲的結合，才能表現宇宙的真理。老
莊太極詩學的這種思想。對中國古代藝術和詩
學意境的創造，產生巨大影響，成為詩學意境
說的最早源頭。唐代詩論家提出的「境」，就
是「象」和象外虛空的統一，就是莊子所說的

「象罔」的對應物。如，王昌齡的「物境」、「情境」、「意境」；皎然的「境象」、「取境」；司空圖的「超以象外，得其環中」，超出孤立的物象，樞入環中旋轉自如，表現出自然人格化和人格自然化的意境。老莊對宇宙本體的闡釋，顯現了一種象外之象、音外之音的審美價值觀。莊子繼承和發展了老子的學說，在「玄」的境界中有類似的體悟。莊子曰：「天下有常然。常然者，曲者不以鉤，直者不以繩，圓者不以規，方者不以矩，附離不以膠漆，約束不以繩索。」（〈駢拇〉）就是說，天下萬物，各有常分，應順物之性，任其天然發展。莊子還認為藝術家應按照自己的「性情」，也就是「自然之性」去表現自己的情感和獨特的個性，表現了莊子那放縱不羈，逍遙遨遊的神態。正如清代詩論家劉熙載說：「飄渺奇變，乃如風行水上，自然成文也。」（《藝概》）

　　「有無相生」是老莊自然大化的「道」的相反相成的辯證命題。老子說：「有無相生，

難易相成，長短相形，高下相盈，音聲相和，前後相隨。」（2章）說明了有、無，虛、實的意向，六種矛盾的對立統一的表象，把雙方的演變、變異、互變的形態生動地呈現出來。老子說：「天地之間，其猶橐龠乎？虛而不屈，動而愈出。」（5章）「橐龠」就是風箱，天地之間就像風箱一樣充滿了虛空。正是由於有這種虛空，才有萬物的流動、運化，才有不竭的生命。藝術作品中暗含著的「無」的功用，亦於此蘊涵中豁然顯露。老子又以「飄若浮雲，矯若驚龍」的筆勢，寫出「有物混成，先天地生」之「道」的混成體，使「人」、「地」、「天」、「道」相互周流，統攝於自然。老子對「無」的審美觀照，開啓了我國詩學「虛實相生」、「虛實結合」爲美的雋美之妙境。錢穆云：「中國文學亦可稱爲心學。……中國文學中尤多道家言，如田園詩、山林詩。不深讀莊子、老子書，則不能深得此等詩中之情味。」（《略論中國文學》）足見老子關於「有無相生」的命題中的詩美意蘊。

2.「言辯之美」

　　老子曰：「知者不言，言者不知」（56章）、「信言不美，美言不信」、「善者不辯，辯者不善」（81章），此三句話，形成了老子的審美觀念。老子的「知者不言」之「知」，是妙悟自然的「大知」；「信言不美」之「信」，是提攝於自然的「純真」；「善者不辯」的「善」，是順應自然的「玄德」。老子提倡「大音希聲」、「大辯若拙」的自然（真）美精神，體現了自然人性和自然之美的結合。他反對美言美行、善言善行，實質上就是對這種「習慣性的偽善」的批判。在他看來，人的內心世界只有不受偽善觀念的戕害，才能歸於自然、純樸。莊子說：「大辯不言，……言辯而不及。」（〈齊物論〉）「可以言論者，物之粗也；可以意致者，物之精焉；言之所不能論者，意之所不能察致者，不期精粗也。」（〈秋水篇〉）就是說，「道」是「無」，它是宇宙的本質，而物之精粗不過是虛幻的現象而已。因此，在莊子看來，「言論」、「辯說」、

「意致」都不及「道」的本質。顯然是派衍《老子》的自然之道的詩學思想。在《周易》中曾提到有「書不盡言，言不盡意」和「聖人立象以盡意」。可見戰國時期人們已經認識到了言和意的關係。莊子的「得意忘言」，所闡發的內容是對待現象和本質、內容和形式的態度問題。它在詩學上造成的影響，從創作和欣賞兩方面都追求言外之意，在形象之外，追求豐富的思想內涵。可見，太極詩學對中國古代文藝理論的影響，不僅是巨大的，而且規定了老莊關於藝術辯證法的一些基本範疇。

　　莊子進一步論道：「世之所貴道者，書也。書不過語。語有貴也；語之所貴者，意也。……夫形色名聲果不足以得彼之情，則知者不言，言者不知，而世豈識之哉。」（〈天道篇〉）也就是說人的耳目聽視所能及的只是形、色、名、聲這些事物的表面現象，它們是虛幻的，「不足以得彼之情」。語言所能傳達的只是虛幻的現象，不是本質，所以，「意之所隨者」的「道」是無法說明的，也就是不可

言傳的。再看莊子的用輪扁斫輪的寓言故事，把「書」說成「糟粕」，顯然是有矛盾的，但不乏辯證思想。正像反對和否定一切文學藝術以及一切「美」一樣，看是荒唐，實則是他的相對主義和不可知論。儘管他的詩學理論是唯心主義的，但有其合理內涵和合理成分。在《莊子》一書中，有豐富的思想資料，不少論述、寓意很有啓發性，可以引申出一些與文藝創作和詩學有關的見解。並且，老莊思想對後世不少文藝家和文藝理論家、批判家發生過很深遠的影響，包括積極的和消極的影響。

第三節　「以自然為美」

　　綜觀中國古代詩學，有重實用、功利者，有重藝術、技巧者；有明道、載道者，有重情感、精神者；老莊的太極詩學是以自然為美的自然之道影響於後世，其意義和價值不容忽視。老莊思想關於自然、人性、真與偽、美與

醜、語言和思想等一系列詩學理論，啓發了文論家們去探索藝術的奧秘。戰國時期，老子、莊子思想活躍，開創了崇尙自然樸素之美的太極詩學。東漢王充，以道家的自然之道爲武器，同儒家的「虛妄之說」相抗衡。魏晉玄學，以自然爲本，以名教爲末，提倡「越名教而任自然」。唐宋以後，玄佛合流，禪宗之學，深入人心。明清時期，道家的自然論被社會新思潮所吸收。可見，自然和崇尙自然純樸，是中國文學的寶貴傳統，也是詩學理論的重要內容，爲歷代文學家和詩論家們所青睞。

1.「自然人性」

老子所謂「道」，就是自然之道，「道」本身的存在就是自然的，即所謂「道法自然」（25章），自然而然。既然「道」所生成的萬物都是自然的，對於「人性」也就是自然的了。老子認爲，人性是最高境地，是「嬰兒」、「赤子」的狀態。他說：「沌沌兮，如嬰兒之未孩」（20章），「含德之厚者，比於赤子。」（55章）老子要求人們內心世界要像

小孩那樣天真無邪，那樣純潔無瑕，有一顆赤
子之心。老子講「復歸於樸」，有其現實的針
對性，是針對貴族統治者和宗法觀念。老子
說：「大道廢，有仁義；智慧出，有大僞；六
親不和，有孝慈；國家昏亂，有忠臣。」（18
章）這是以自然之道爲武器對宗法觀念的批
判。他反對「五色」、「五音」、「五味」，
認爲「美言可以市尊，美行可以加人。」（62
章）有意爲「美」，是「僞」，不是自然。所
以老子提出了「絕聖棄智」（19章）的激烈主
張。莊子論自然妙道，強調自然人性，崇尚自
然真情，與老子的觀點基本是一致的。莊子更
認爲「道」是「有情有信」（《莊子·大宗師》）
的、自然而然的。「應之以自然」（〈天道〉）、
「順物自然」（〈應帝王〉），都是任其自然的
意思。

　　莊子的「自然」，與「天」同義，「天」
指萬物的自然性。「無以人滅天」（〈秋水〉），
就是不要人爲的損害自然。自然之道，是莊
子思想的綱，與「天」相通的術語，老子還提

到「樸」、「素」、「純」、「真」、「初」、「實」、「情」、「性」等，這都是指自然人性。而對文學和詩學理論的影響最直接、最大的，是其關於自然人性和自然之美的觀點。老莊要求人性自然，也就是要求個性的自由。他提倡崇尚自然真情，是有具體針對性的。「聖人法天貴真，不拘於俗」（〈漁父〉），以「真與俗」相對，所謂「俗」，即忠孝仁義禮樂那一套觀念和行爲。是這「俗」，污染了自然人性、窒息了真性。莊子對於美，也力主自然。他說：「故爲是舉莛與楹，厲與西施，恢憰憰怪，道通爲一。」（〈齊物論〉）醜陋的「厲」與美麗的西施，從「道」的觀點看，都是通而爲「一」的。似乎他是否定美醜的區別，實際上並不是說醜八怪與美女西施沒有區別，對於「美」的存在，莊子是肯定的，他厭惡的是做作之美、人爲之美。莊子在〈天運〉篇中講的「醜女效顰」故事，「顰之所以美」，就在於自然無僞，醜人效顰，是做作，是有意爲美，結果是不得其美反而更形其醜了。莊子還認爲

人的審美能力是相對的。他說：「毛嬙麗姬，人之所美也；魚見之深入，鳥見之高飛，麋鹿見之決驟，四者孰知天下之正色哉？」（〈齊物論〉）莊子在這裡提出了到底應以誰（人，魚，鳥，麋鹿）的尺度來作為衡量美與不美的標準問題。從人和動物的美感的差異，指出了「美」「醜」的相對性。由此引申出貴賤、是非、生死、大小，也都沒有差別。在理論上面對這樣一個複雜的情況，莊子提出了一個新的命題：「美」和「醜」的本質都是「氣」。莊子說：「人之生，氣之聚也。聚則為生，散則為死……。 故曰：通天下一氣耳。聖人故貴一。」（〈知北遊〉）萬物都是氣，美的東西、神奇的東西是氣；醜的東西、腐朽的東西也是氣。就氣來說，美和醜、神奇和腐朽並沒有差別，而且可以轉化。 人們的好惡不同，「美」、「醜」的本質卻是相同的，它們的本質都是「氣」。莊子的這個命題，在中國詩學史上影響很大，對藝術作品的評價，並不在於其「美」「醜」，而在於是否有「生氣」，是

否表現了宇宙的生命力。清代畫家鄭板橋在〈題畫〉中提到：「燮畫此石，醜石也，醜而雄，醜而秀。」劉熙載也說：「怪石以醜為美，醜到極處，便是美到極處。『醜』字中丘壑未易盡言。」(《藝概·書概》)怪石之所以「以醜為美」，所以「陋劣之中有至好」，就在於它表象了宇宙元氣運化的生命力。這樣一種審美觀，顯然它的來源是老莊的命題。

2.「自然真直」

老莊反對人的個性受到流俗和各種禮儀道德的束縛，崇尚自然真情，認為只有真實的感情色彩是動人的。在《莊子·漁父》中，莊子藉孔子與客的對話闡述了這一觀點。孔子愀然曰：「請問何謂真？」客曰：「真者，精誠之至也。不精不誠，不能動人。故強哭者雖哭不哀；強怒者雖嚴不威；強親者雖笑不和。真悲無聲而哀，真怒未發而威，真親未笑而和。真在內者，神動與外，是所以貴真也。」莊子批判了孔子的「禮」，是「人偽」，不和於「大道」。它指出的「不精不誠，不能動人」，是

積極合理的，在詩學和美學上尤有重要價值。
藝術創作中感情不真實、虛假或編造的作品，
是不能感動人的。藝術鑑賞，甚至對自然景觀
的欣賞，也常常是在激發了欣賞者的真情實感
的時候，才能夠領略到美的本質，獲得精神的
愉悅。

　　東漢王充在批判儒家神學的虛妄說時，就
是以自然之道為武器。所謂「虛妄」，即違反
事實，編造謊言，惑亂人心，王充深惡痛絕，
為了「沒華虛之文，存敦龐之樸」（《論衡・
自紀》），針鋒相對地倡言「真美」（《論衡・
對作》）。所謂「真美」，就是自然之美。王
充以自然之美的詩學思想，影響到鍾嶸、劉
勰、司空圖等一系列後世的詩學理論家。劉勰
論文學創作力主自然，要求「還宗經誥」，
「將以明經」，表現自然之情，即〈情采〉所
謂「寫真」；〈明詩〉所謂「感物吟志，莫非
自然」，強調感物所生的自然抒發。鍾嶸強調
詩歌表現「自然英旨」和「真美」，也即是真
情實感的自然抒發和自然之美。唐詩多讚其自

然之美，王士楨說李白詩「以自然爲宗」。（《藝苑厄言》）　禪宗和尙皎然詩論的中心是「造境」，而「造境」的前提是自然。「康樂爲文，真於性情，尙於作用，不顧詞釆，而風流自然。」（《詩式》）認爲陶、謝詩之美，都在自然真直。李贄的「童心」，即「真心」。「童心者，絕假純真，最初一念之本心也。」強調的是自然性情。湯顯祖「愛好的是天然」，馮夢龍「崇真疾假，袁宏道以真爲美，以真爲貴。」　這些貴真、貴自然的觀點，都是與老莊的太極詩學理論分不開的。

註　釋

[1] 季羨林，《禪和文化與文學》，商務印書館國際
　　有限公司，1998 年 8 月，149 頁。

[2] 參閱朱光潛，《朱光潛美學文集》，第 1 卷「第三
　　章　美感經驗的分析（三）物我同一」，上海文
　　藝出版社，1982 年 2 月，37–54 頁。

第五章
太極詩學與人生精神

　　老子「道法自然」的思想是支配宇宙的最高準則，也是表現人生的至上精神。「人」是自然的產物，應當法道、法自然，要順應自然規律。老子意構的萬物玄通一體的自然狀態，正是其人生精神意態的本質體現。莊子論自然妙道，其之於萬物，是自然而然的，並主張人性之自然，強調自然人性。老莊人生觀的深層思想意識，是對人生的思悟而出。所以，對老莊人生精神的把握，有助於完整地、辨證地、詩意地了解太極詩學的產生和發展。我們可以從兩方面思考這個問題：一是重自然性，即老子虛靜人生派衍莊子之曠放人生，構成太極詩

學的審美意識；二是重社會性，即老子對現世
人生表現出的憤懣、詭詐；莊子對超世人生表
現出的空靈、曠蕩，奠定了太極詩學的人生精
神。合而觀之，老莊審美主體的相似和差異，
可以看出太極詩學與人生精神的關係。

第一節　人生精神與人性自然

　　重視「人」、肯定「人」的尊嚴，莫過於
老子。老子認為：「道」生萬物，重要的是
「天」、「地」、「人」，而「人」的地位僅
次於「道」。「人法地，地法天，天法道，
道法自然」，就是呼籲人們遵循「道」的原
則生活。老子的人生精神主要表現在：一是
「道常無為而無不為」，人效法「道」必須以
「無為」作為人生的指導原則。二是「貴柔」，
「弱者道之用」，「柔弱」是生命力的表現，
「柔弱」自守，才能順應自然，發揮人的勃勃
生機。莊子以「人性之自然」「應之以自然」

（〈天運〉）。他的自然，指「天」，「無以人滅天」（〈秋水〉），「天」指萬物的自然之性，「人」指人為，體現了人的自然情性。這說明老莊的太極詩學，以自然之道這一基本思想，力主文學創作表現自然之情。自然之情出自自然之文，人生精神正是通過情感的自然抒發表現的。

1.「天命」與「忘我」

　　「天命」是先民頭腦中人文精神之躍動，詩人抒發之情志，具有人生的普遍意義。老莊對「母」「玄牝」的禮讚，雖有巫文化遺痕，卻表現了對一種自主人格——生命價值的肯定。老子說：「谷神不死，是謂玄牝；玄牝之門，是謂天地根。綿綿若存，用之不勤。」（6章）所表現的是自然理性，對從自然懷抱解脫出來的人類來說，是一個理性精神的衝湧。就中國古代詩學來說，自然之「忘我」境界，多內含博大之「自我」精神，自然人化與人化自然是難以分割的統一體。老莊思想中所表現的人生精神，正是界乎「忘我」與「自我」之

間的一種人化自然狀態。老莊對人化自然的認識又是通過「肯定——否定——復歸」這樣的辨證規律予以顯現的。

首先是對人生生命的肯定。老子的人生精神是通過自然態的描摹表現出虛境曠達之襟懷。老子曰：「致虛極，守靜篤；萬物並作，吾以觀其復。夫物芸芸，各復歸其根。歸根曰靜，靜曰復命。復命曰常，知常曰明。」（16章）此句之「虛」、「靜」乃老子人生觀中最切實、最玄遠的意象。「虛其心」（3章）、「虛而不屈」（5章），是指自心、人生功用和指向。「虛」可達「無我」、「忘我」之境，即萬物玄同融會的精神狀態。老子以「虛靜」爲本根，超越俗情之人生，表現了「歸根曰靜」（16章）的自然原則。莊子的「坐忘」和老子的「無我」相似，也是要忘掉自身的存在，與萬物融爲一體，純粹是精神的活動了。分析老莊「天命」與「忘我」，作爲人生意態的具現——「虛靜」人生觀包孕的詩學思想，有兩方面的審美內涵值得重視：

　　第一，渾淪爲一，是老莊「天命」「忘我」
人生觀中統攝自然和自由的思想高標。「母」
和「玄牝」那永不枯竭的審美意識，顯示了宇
宙與人生在和諧中變化的自然狀態和自由象
徵。從老莊太極詩學整體看，表現出雙重意
蘊：(1)虛廓心靈，冥會自然，於去物忘我的
雙重否定中求取審美關照的永恆性。去物忘
我，表現一種「虛靜」的心態，虛空靈活、幽
遠深邃的「無形」「大象」，正是老莊心目中
追尋的生生不息的生命本體和詩美神韻。老子
強調「生而不有」（2章）、「不爲而成」（47
章）、「知者不言」（56章），否定「自我」的
存在，求取「真我」的永恆；又經莊子「離
形」「墮肢體」的根除情欲，感發了歷代詩人
和詩論家的審美態度和生命情韻。皎然有：
「無言而道合，至靜而性同」（《詩式》），陶
潛有「此中有真意，欲辯已忘言」，司空圖有
「落花無言，人淡如菊」，使詩人達到詩心與
哲思渾然一體、躍然大化、恬然隨運的自然情
境。(2)凝聚精神，玄鑑萬物，疏淪心靈，應

化自然的審美，是詩人和詩論家所共同追求的。徐楨卿的「放情於江海之間，抗志於宇宙之表」（〈重與獻吉書〉），何景明的「飄然意象臨虛無」（〈吳園江山圖歌〉）老子以詩人的智慧對待自然之玄奧和人生之玄奧，顯然肇始於徐、何等人，而老子對自然、人生之「奧」的認識，又是從「忘我」、「虛靜」之心凝聚精神。由「虛靜」、「自我」到「自然」、「真我」，構成老莊虛靜人生的審美心理態勢，是陸機「精鶩八極，心遊萬仞」（〈文賦〉），周濟的「空則靈氣往來」（《宋四家詞選》）的理論圭臬。

第二，以靜制動，同化自然，以積極運動的精神擁抱自然，是老莊審美的內在本質。「玄牝」的神力，「忘我」的精神，派生出「致虛極，守靜篤」的冷靜之認識態度、尚柔之審美情趣、以靜制動之思維方法。即是老莊認識精神的主要構成，奠定了中國詩學思想「虛靜」「尚柔」的審美基調。從「玄牝」到「天地根」，內含兩種意義：(1)有「靜」才能

「動」；有「虛」才能「實」。(2)「聖人」爲本質，「天地」爲喻體，因此氣其意由人生體驗而來。李贄云：「眾人處上，彼（水）獨處下；眾人處易，彼獨處險；眾人處潔，彼獨處穢，所處盡眾人所惡，夫誰與之爭乎？此所以爲上善也。」（《老子解》）頗能挑明意緒。然而，老莊「天下之至柔，馳騁天下之至堅」的生命價值，自有一剛大自主的人格。莊子承襲老子思想，提倡「心齋」的人生體驗，心齋就是心靈純淨，排除一切私心雜念，進入無爲、無我之境。韓非子曰：「思慮靜則故德不去，孔竅虛則和氣日入」（〈解老〉）；嵇康也有「老聃之清淨微妙，寧玄抱一（〈卜疑〉），冥悟老子虛靜人生觀中」以靜制動之意。中國古代詩人面對自然和大千的詩品，多採取「萬物靜觀皆自得」（程顥）的審美態度，詩學理論家倡導的「虛貯」（司空圖）「妙悟」（嚴羽）「神韻」（王士禎）「境界」（王國維）的理論，都來源於老莊的審美素養。

2.「憤世」與「眞樸」

老子憤世的人生觀是虛靜自然的人生理想的深刻反省。面對污濁的社會現實，老子指出：「天地不仁」「聖人不仁」（5章），把身據高位的行「仁義」之徒，斥爲「盜夸」，進行尖刻的諷刺和詛咒。此以「專氣致柔」（10章）、「堅強者死之徒，柔弱者生之徒」的輕蔑和激憤。要「絕聖棄知」，表現出老子否定權威的崇高精神。老子說：「大道廢有仁義；智慧出，有大僞」，對淳風日喪、詐僞百出，發出嗟嘆，認爲智慧是國家衰亂的變世產物。老子又說：「古之善爲道者，非以明民，將以愚之。」（65章）「愚之，謂返樸還淳，革去澆漓之習」；「愚」，乃「大智大愚」之「愚」，亦其「我愚仁之心也哉」的自詡詞義，要在不欲以巧詐明民，而欲教化之成大智。老子反對世俗所好的表像、浮華、僞飾的美，追求深沉、闊大、樸質的美否定聲色之美艷也是老子憤世之表現：「五色令人目盲；五音令人耳聾，五味令人口爽」，要全面揚棄和廓清。由

此可見，老子對那種破壞自然與人生的現象之美予以徹底拋棄，是欲求親聆自然之「大音」的深心愉悅。

老子主張人心當「見素抱樸」（19章）、「復歸於樸」（28章），誠如「赤子之精」，全其「含德」之美。在老子看來，達到「歸真反樸」的「大順」之「德」，並不排斥心靈的制約和人生的修練，只有通過內修內悟的工夫，才能「復守其母」、「復歸其明」。老子說：「塞其兌，閉其門，挫其銳，解其紛，和其光，同其塵，是謂玄同。」（56章）內含人生精神，造就玄同奇境，使人生之奧理融於其中，顯於其外，是人生精神的具體成象。通觀老子人生觀之許靜、憤世、真樸整體思想結構，其中包孕了詩境和哲思中的人生精神，又因之產生玄遠恬淡與激越情思，深刻啟迪了中國詩學理論精神的重意境超然的神韻，以及重人生震盪的樸拙之美。

第二節　萬物之母與女性特徵

　　母體乃一切生命之源。老子曰：「谷神不死，是謂玄牝；玄牝之門，是謂天地根。」（6章）有人解釋說：「微妙的母性之門，是天地的根源。」[1]更有甚者認為：「《老子》一書徹頭徹尾是女人哲學，他講母，講嬰兒，講玄牝，講柔弱，講慈，講儉，可說無一不與女人有關。」[2]可見，《老子》一書中所隱含的女性性質、雙性同體、大地母親的觀念是明顯的。作為象徵，大地與女性、母親、生殖、富饒、生命的依託和歸宿等，有著一種神秘的審美的關係。

1.「母體」與「女性」

　　「有名萬物之母」（1章），「我獨異於人，而貴食母」（20章），「可以為天下母」（25章），「有國之母可以長久」（59章）。老子的這些「母」，均指母體、根本和道的意思。

「母」、「玄牝」，道體虛空，無形無象，又
能包容一切，所以老莊說「谷」，即為
「道」。「中虛，故曰谷」（司馬光‧《道德
真經論》）。虛無的神長存，這就叫玄妙的雌
性，雌性的門戶，即母性的生殖器，一切都是
從這兒出來，這是天地的根本。「牝生萬物而
謂之玄焉，言見其生而不見其所以生也」（蘇
轍‧《老子解》）。可知「玄牝」一語是形容
「道」所具有的母性之微妙，這種女性的門
戶，就是天地萬物的總根源。「牝」為母馬，
還指門閂的孔或溪谷，都被古人認為是柔下
的，都有陰的意思。「玄牝」是一種象徵，
用以表示悠遠深妙的生化天地萬物的非肉眼所
能看得見的生殖器官，以取人生功用和指向。
就最玄遠的意義而言，是以「母」、「玄牝」
的直觀方法，以達「無我」之境，即與萬物
玄同一體的精神狀態。在老子的體系裡，玄牝
是谷神的轉換，谷神是道的隱語，而道則是萬
物之母。「有物混成，先天地生，寂兮寥兮，
獨立不改，周行而不殆，可以為天下母，吾不

知其名，字之曰道。」（25章）老子在這裡
直截了當地把「道」稱做「母」。因此，作
為「道」之象徵的「玄牝」的陰性意義就很
明顯了。無怪有人說：「中國傳統文化有明
顯的陰性傾向。」[3]但「牝」表現並非僅屬具
相的「母」性，而是在表象上是非性情，是與
天地自然合性情的「玄牝」。當人與天地共和
諧時，「玄牝」即成為人生一種至極的精神。

　　女性身體，非常神秘。女性的身體作為一
個容器，有明顯的功能，那就是懷孕、生育。
宇宙作為一個空間，同樣孕育著萬物，身體的
內部被投射到外在的世界，外在的世界被內化
為身體的一部分。紐曼在《大地母》一書中寫
道：「女性＝身體＝容器＝世界」[4]，表達了
對女性的原初認識。女性身體的內部對於人類
完全是神秘的，它除了是一個生命誕生的容器
外，還可以保護嬰兒，為嬰兒提供食物和溫
暖。「道沖而用之或不盈」（4章），「大盈
若沖」，兩個「沖」都是虛空的意識。一切
空間性、容納性的物象均為女性的象徵。漢代

焦贛說：「大樹之子，百條共母」（《易林・
睽之困》），母在此處有主幹的意思，樹木也
有女性的特徵。「峽谷」，也是一種象徵。因
為它「使我們感受不到外界的一切危險，有
受到保護的感覺」。這樣看來，老莊的「道」
也是化育萬物的女性。如果將道比喻為女性，
老莊是否從女性的觀點來分析事物呢？女性本
身可以透過自己的身體看事物，道無所不在，
人類即可通過道來看事物。老莊的這種關於女
性的思想，影響了後世的文學創作和詩學理
論。唐五代溫庭筠的「花間派」，發展到宋
代以歐陽修、晏殊、柳永、秦觀、李清照為代
表的「婉約派」，多是表現兒女之情、離別
之思的女性文學。其多含蓄蘊藉的手法、曲折
細膩的感情、婉約綺麗的風格，這在古代詩學
理論中占有重要地位。

2.「雌雄」與「陰陽」

　　老子表述的「雌雄」（28章）、「牝牡」（25
章）類似《太極圖說》（周敦頤）把陰陽具像
描繪為兩尾黑白的魚，象徵一個渾圓的陰陽觀

念。老子的「道生天地」，可以視做是太古的思維。陰陽觀念，還來自古老的占卜。據《周禮》記載，〈歸藏〉把象徵陰性事物的「坤卦」（☷）放在首位，把象徵陽性事物的乾卦（☰）放在後面，坤爲母，乾爲父，坤先於乾。老子說：「萬物負陰而抱陽」，即包括陰陽兩個方面，陰是陽的先導，足見老子對陰的看重。河上公說：「一生陰與陽」，「陰陽生和氣，清濁三氣分爲天地人。」（元・李道純・《道德會元》）於是萬事萬物便因此而發生了。這種「主陰」的思想觀念，若尋根究源，可追溯至母系氏族社會的風俗傳統。女性在初民社會中的種種作用和權利，顯示了女子的崇高地位，女性性質的基本特徵常有母性的要素。但由於科學水平的限制，人們還無法正確認識生育的本質，從而對女性生殖器產生了神秘感。可見，老子是受了女性崇拜、生殖崇拜文化的薰陶和影響，才寫出「玄牝」作爲「道」的象徵。

　　老子用母親比喻「道」，用嬰兒比喻「入

道者」，可以說意味深長。「有母」（1、25、52、59章），「復母」（52章），「食母」（20章），是「天地之母」、「萬物之母」，是一切的根本和依據。「有母」，明確的表示：「太初有道，天地有母」，這無論是在東方或西方，無論是對信仰和科學，意義都十分深遠。「復母」，就是復歸、守候母親。所謂「復守」，也即是人離開了母親，要浪子回頭，重投母懷，所以要「復母」。「食母」，老子說：「我獨異於人，而貴食母。」（20章）說明老子是以吃喝永恆之道為要務。

老子多次提到嬰孩，說「專氣致柔，能嬰兒乎」（10章），說「常德不離，復歸於嬰兒」（28章），說自己「沌沌乎如嬰兒之未孩」（20章），說「含德之厚，比之赤子」（55章），又說「聖人在天下，將世人當嬰孩看待」（49章）。人世間，嬰兒是最軟弱無力的。她赤裸裸地表明自己的無能無力。她只有柔順、交託、信賴、活潑的單純。正是因為如此，這種嬰孩的「童心」是真實可貴的。老子

講自然人性時所用的 「嬰兒」、「赤子」 等
概念，對中國古典詩學裡提出的「童心說」，
不無關係。李贄說：「童心者，真心也。」
「童心者，絕假純真，最初之一念之本心也，
若失卻童心，便失卻真心，使失卻真人，人而
非真，全不復有初矣。」（李贄．《童心說》）
李贄強調即成 「天下之至文」 的 「童心」，
是繼承了老莊及漢魏以後詩學的貴自然的傳
統。它還影響了稍後的湯顯祖；「天地之性人
為貴」（〈貴生書院說〉）；明代馮夢龍也是崇
真疾假，公安派主將袁宏道主「性靈」，也即
是李贄的「童心」，他以真為美，以真為貴。

　　老子的 「道生一」，即未分陰陽之先，
是雙性同體的。「雙性同體」 （ androgyny ）[5]
這概念來自西方，它指兩性之間水乳交融的精
神。世界各地的上古神人，大多是雙性的。老
莊的「道」，可以視為具有 「雌雄同體」 的
一個特性。那個代表陰陽太極的標誌，就是最
明顯的特徵。中國古代有 「軒轅之國⋯⋯人
面蛇身，尾交手上」（《山海經．海外西

經》），女媧伏羲糾纏，是中國最早的雌雄同體的觀念。古埃及的蛇形環，蛇含尾於口中，同樣象徵著周而復始和無窮無盡，「象徵兩性平等的太元」。[6]

第三節　陰柔反動與虛盈時空

萬物包含著陰氣和陽氣，陰陽兩氣互相沖動和合在一起，形成統一。這就是老莊的宇宙空間意識。他們的宇宙空間，包括作爲人體的小宇宙，和作爲「六合」、「四方」、「八維」的天體。小宇宙是主體情感移入客體的一種表現，是對大宇宙的模仿，屬於宇宙的一部分。老子的「萬物負陰而抱陽」，是屬於混沌型的宇宙觀，以逆返的觀念在老莊詩學中尤其顯得重要。

1.「負陰」與「抱陽」

老子認爲天下萬物形成的過程是：「道生一，一生二，二生三，三生萬物。萬物負陰而

抱陽，沖氣以爲和。」(42章) 道所生的「一氣」，是「未成形之氣」，雖茫茫漠漠，恍惚恍惚，卻是一種物質，原始的物質。河上公說：「一生陰和陽」，「陰陽生和氣，清濁三氣分爲天地人」。「一氣」之中包含著陰和陽這兩個相互對立的方面。「一氣判陰陽」（元・李道純《道德會元》），是爲「一生二」，「陰」與「陽」既相排斥又相融合，「陰陽合和而萬物生」，就是萬事萬物便由此而產生了。所以說「萬物負陰而抱陽」，「陰」、「陽」二氣相摩相盪，「清陽者薄靡而爲天，重濁者凝滯而爲地」（《天文》）。老子認爲，天、地以及一切千差萬別的事物皆孕育於「一氣」，他們都是矛盾運動、陰陽合和的產物。「陰」「陽」相沖而成和，即「沖氣以爲和」。

　　老子談政治，談人生，談藝術都是以「陰柔」爲原則，主張靜反對動，主張退讓反對進取，主張柔弱反對剛強。「弱也者，道之用。」說明陰柔與「道」的品性相關。老子屢

屢用嬰兒的情形比喻完美的生命狀態，因為嬰
兒雖然柔弱，生命的「元氣」卻最為旺盛。
老子說：「專氣致柔，能嬰兒乎？」（10章）
就是要把生命中的「氣」凝聚起來，引導至
平靜柔和，像嬰兒那樣單純而無所思慮，天機
活潑，表現出人的自我能量。老子說：「人之
生也柔弱，其死也堅強；草木之生也柔脆，其
死也枯槁，故堅強者死之徒，柔弱者生之
徒。」（76章）人和草木初生時，都是柔弱
的，將近死亡時，才呈現僵硬狀態。柔弱具有
彈性、具有內在生命力的表現，而堅強、僵
硬，卻說缺乏彈性、缺乏內在生命力的表現。
一個鋒芒畢露的人，處處爭勝，處處要壓倒別
人，其結果是處處與別人發生衝突，而很快導
致失敗。所以，在老子看來，柔順不僅是自我
保全之道，也是克敵制勝之道，所謂「以柔
克剛」。而「陰柔」是從反面獲取成功。老
子說：「天下莫柔弱於水，而攻堅強者莫之
能勝。以其無以易之，弱之勝強，柔之勝
剛。」（78章）水能處下，「居眾人之所惡」，

但它自甘於卑下，是一種了不起的德性。水柔
順而不爭，能適應萬物的形態；水雖柔弱，卻
有恆久的力量，俗語說：「滴水穿石」。老子
的這種古老的崇水思想，在文學作品中逐漸人
格化，出現了「水神」、「水仙」等形象，成
爲詩人謳歌的題材和詩學研討的課題。

　　老子曰：「清靜以爲天下正」，「不欲以
靜，天下將自正」 是老子追求的最高理想境
界。成玄英解釋說：「清虛寧靜，可以子利利
他，以正治邪，故爲天下正。」(《老子義疏》)
清靜，就是無爲無欲，就是 「道常無爲而無
不爲」。莊子也十分強調虛靜無爲；「夫虛靜
恬淡，寂寞無爲者，天地之平而道德之至，故
帝王聖人休焉。」 「靜則無爲」夫虛靜恬淡
寂寞無爲者，萬物之本也。」 （〈天道〉）莊
子推崇虛靜是因爲它符合天地之道，體現了天
地之平和最高的道德準則。諸葛亮有 「淡泊
明志，寧靜致遠」，就是受老莊思想的影響。
自然也波及到美學、詩學，對天然、寧靜景色
的追逐在中國文學、藝術領域裡占據重要地

位。老子曰：「知其雄，守其雌」（28章）、
「牝常以靜勝牡」（61章），「雄」、「牡」爲
雄健剛強，「雌」、「牝」爲柔弱謙下，「雌」、
「牝」亦有主清靜的一面。另外老子還提出了
「功成、名遂、身退、天之道」，「曲則全」
的思想，一直是封建社會士人奉行的處世信
條。老子曰：「爲無爲，事無事，味無味」，
「無味」「無事」即是「道」的自然無爲、清
靜無事、恬淡無味。封建文人以此當做至味，
在遠離世塵的山野林下去尋覓世外桃源成了中
國社會的歷史現象，這也影響到對自然美的審
美情趣，追求質樸、高雅和恬淡的理想境界，
因而影響到中國的意象創作和欣賞，以及中國
詩學理論的發展。

2.「時空」與「宇宙」

老子曰「道沖而用之或不盈」（4章）「大
盈若沖，其用不窮」 （45章），即是說道是
空虛的，最充實的東西就好像虛空一樣。而虛
空是空間的觀念。「萬物並作，吾以觀復」說
的是人和時間的關係。「夫物，量無窮，時無

止。」莊子和他的門徒懂得這樣一個重要道理：時空具有無限性。「道生一，一生二，二生三，三生萬物」，萬物存在於既定的空間內，這句話也即是整個時空的生成過程。「一」是空間的中心，世界的開始。「有時而無乎處者，宇也；有長而無乎本剽者，宙也」。莊子說：「外不觀乎宇宙，內不觀乎太和」，「天地四方曰宇，往古今來曰宙」（〈知北遊〉）。「宇」指空間，它有實體存在，無最後邊界；「宙」指時間，它雖有延伸，卻沒有始終。從大的方面看，時空是無窮無盡的；從小的方面看，時空也是可以無限的分割，永無終止。

　　人的身體是可感觸的，表述空間取向的用語，如前、後、左、右、上、下、中央都取自人對自己身體的直觀。而個體生命，只是在有限的時空中存在，受有限時空的限制。莊子〈秋水〉中說：你無法向井中之蛙說明大海，因為它被拘禁在有限空間裡；你無法向夏蟲說明冰，因為它的生存時間不及於冬。時間的流

轉也不斷造成認知的改變。昨日的真理非今日
的真理，昨日很多人認爲神聖不可動搖的觀
念，在今日往往已不值一哂。莊子是要從無限
時空的終極意義來體悟一切有限認知，而相對
一切具體時間條件中產生的認知都是渺小的、
短暫的。老子強調道體虛無，道性自然，就是
主虛無之道化生萬物，強調 「無」，即虛空
的作用。老子說：「三十幅共一轂……無之以
爲用。」 （11章）他認爲：轂中是一空虛，
但正是因爲這一虛空，車輪才能夠轉動，才有
「車之用」，「有之以爲利，無之以爲用」，
也就是說，「有」的部分，提供了條件和便
利，「無」 的部分，才發生效用。所以對任
何事物，不能僅看到「有」而不見到「無」，
這「無」恰恰是它的 「虛空」。老子很重視
「虛空」的作用，這對於中國傳統詩學理論影
響很大。如繪畫藝術強調若有若無、沖淡飄渺
的理論，就是來自老子的思想。畫家習慣於在
畫面上留下大片虛淡乃至空白之處，那是無形
質的虛空，令人意會到自然的空渺深邃，表現

出畫家精神上的虛靜淡遠，達到「咫尺內山水寥廓」的效果。抒情詩講究含蓄委婉，注重言外之意，像宋代詩學理論家嚴羽的《滄浪詩話》，更把「羚羊掛角，無跡可求」，作為詩的最高境界。就是說時光的真正意蘊，不在語言直接敘述和描寫的部分，而在語言作用的提示、暗喻。這些都顯示了老子「虛空」思想對詩學理論的影響。

　　作為文藝作品超越時空的瞬間永恆之象，已經從意象進入小宇宙或大宇宙的整體之中。人體是宇宙的微觀縮影，稱做「小宇宙」。人與宇宙的對應、類比，其實質就是人屬於宇宙的一部分，有宇宙的特質。陰陽五行說又描述了小宇宙與外在世界的協調與不協調，如人體的五臟與五行相對、與季節相對，也是一種空間觀念。從詩學的角度來看，小宇宙是主體情感移入客體的一種表現，也就是在「象的流動與轉化」中，成為意象境界的詩魂之象。在詩中每一具體詩句的顯示，都屬於把握小宇宙整體的意象。人類的情感，基本上可以進入

至大和至小的天地。但是，就其全詩所顯現
的，則其情其象都具有融會天地人間而又加以
超越的情境。如果能超越具體詩句，而融入整
體情境，則必能產生與大宇宙整體溝通的感
悟。所謂「道」是具有本原性的大宇宙的整
體之象，並且是動態平衡的整體之象、「萬全
之象」，小宇宙的象和大宇宙的象都不是靜態
之象，而是流動轉化之象。女性具有生育萬物
的能力，所以他們的身體往往被認為是一個小
宇宙。她們每次懷孕，就是在小宇宙中模仿和
重複大宇宙的行為 [7]，重複生命在大地子宮
中孕育出生的原始行為。《周易》中的占筮，
是試圖把握小宇宙整體意義，為了把握大宇宙
和小宇宙的一體相通，就必須超越「外在感
知之象」和把握小宇宙整體意義上的「意
象」。

註 釋

[1] 陳鼓應,《老子注釋及評介》,香港中華書局,
1987 年 1 月,86 頁。

[2] 吳怡,《中國哲學的生命和方法》,臺北東大圖
書公司,1980 年 4 月,87 頁。

[3] 劉長林,《中國系統思維》,北京中國社會科學
出版社,1997 年 2 月,573 頁。

[4] Erich Neumann, *The Great Mother : An Analysis of the
Archetype*, "woman, body, vessel, world", 1988, p.39.

[5] Mircea Eliade, *Myths, Dreams and Mysteries,* New York
: Harper & Row, 1960, p.174.

[6] 參閱臺灣《中外文學》,14 卷 12 期,1986 年 5 月,
34–49 頁。

[7] Mircea Eliade, *Myths Dreams and Mysteries*, p.166.

結　語

　　書寫到此，已不能不停筆，因爲受到篇幅
所限，然老莊的太極詩學所包含的內容還有很
多。譬如就創作論來說，老莊太極詩學的浪漫
主義創作精神，特別是莊子作品充滿虛構、幻
想的故事。從「謬悠之說，荒唐之言，無端
崖之辭」看，一方面是虛無主義、神秘主義，
另一方面是浪漫主義的創作方法。再從莊子的
言辭「宏大而闢，深閎而肆」，可見出莊子在
創作上有「清高」、「宏大」、「放任」、
「恣縱」的精神。莊子在創作方法上的特點
是：「以卮言爲曼衍，以重言爲真，以寓言爲
廣」。莊子爲使自己的言論能有深遠而廣泛的

影響，重視 「籍外論之」，所以他的作品充滿寓言故事。

　　總的來看，老莊的太極詩學對古代詩學有巨大的影響。特別是老莊觀察、分析問題的方法。他們提出的各種詩學範疇，影響的主流不是消極的，而是積極的。老子、莊子以其詩心詩境顯現出的思想光輝，照灼中國詩歌創作之精神和中國詩學之審美，並以此巨大影響力開拓其自身的詩學宇宙。在 21 世紀跨文化詩學迅速發展的新形勢下，老莊的太極詩學將會發揮不可低估的作用。

　　　　　　　　　　劉介民　戊寅歲抄

主要參考書目

　　《老子》一書版本很多，本書以王弼、河上公兩本互參。莊子參閱《莊子全譯》，貴州人民出版社，1991年版。

1. 郭紹虞，《中國文學批評史》，新文藝出版社，1957年出版。

2. 徐復觀，《中國藝術精神》，春風文藝出版社，1987年版。

3. 宗白華，《美學散步》，上海人民出版社，1981年版。

4. 朱光潛，《朱光潛美學文集》，第一、二卷，上海文藝出版社，1982年版。

5.季羨林，《禪和文化與文學》，商務印書館，1998年版。

6.陳鼓應，《老子注釋及評介》，香港中華書局，1987年版。

7.錢鍾書，《談藝錄》，中華書局出版，1984年版。

8.劉若愚，《中國詩學之精神》，趙帆等譯，鄭州：河南人民出版社，1990年。

9.劉長林，《中國系統思維》，北京中國社會科學出版社，1997年。

10.任繼愈等著，《中國哲學發展史》（先秦），人民出版社，1983年版。

11.王弼，《道德真經注》，上海書店影印《諸子集成》，1986年版。

12.河上公，《老子章句》，涵芬樓影宋刊本。

13.范應元，《老子道德經古本集注》，續古佚叢書影宋刊本。

14.郭象，《莊子注》，北京中華書局，1985年版。

15.歐陽景賢、歐陽超，《莊子釋譯》，湖北人

人民出版社，1986年版。

16.蔡鐘翔等，《中國文學理論史》（一），北京出版社，1987年。

17.張如松，《老子說解》，齊魯書社，1998年版。

18.許潔、許永璋，《老子詩學宇宙》，黃山書社，1992年版。

19.吳怡，《中國哲學的生命和方法》，臺北東大圖書公司，1998年。

20.Elaine Showalter, "Feminist Criticism in the Wilderness", Elaine Showalter ed., *The Feminist Criticism Essays on Women, Literature and Theory.* 1989.

21.Erich Neumann, *The Great Mother: An Analysis of the Archetype*, "Woman, body, vessel, world", 1988.

22.Mircea Eliade, *Myths, Dreams and Mysteries,* New York: Harper & Row, 1961.

文化手邊冊　52

太極詩學

作　　　者／劉介民
出　版　者／揚智文化事業股份有限公司
發　行　人／葉忠賢
登　記　證／局版北市業字第 1117 號
地　　　址／台北市新生南路三段 88 號 5 樓之 6
電　　　話／(02)2366-0309　2366-0313
傳　　　真／(02)2366-0310
網　　　址／http://www.ycrc.com.tw
　E-mail　／tn605547@ms6.tisnet.net.tw
　I S B N　／957-818-165-5
印　　　刷／偉勵彩色印刷股份有限公司
法律顧問／北辰著作權事務所　蕭雄淋律師
初版一刷／2001 年 2 月
定　　　價／新台幣 150 元

國家圖書館出版品預行編目資料

太極詩學 ＝ Great primordial poetics : Lao
Zi and Zhuang Zi's spirit of art／劉介民
著. - - 初版.- -臺北市：揚智文化，2001
〔民 90〕
面： 公分. - -（文化手邊冊；52）
參考書目：面
ISBN 957-818-165-5（平裝）

1.中國詩－評論

821.8 89009425